Broken Lovers

글로벌콘텐츠랩
한 사람

한 사람의 가치
전 세계인의 마음을 사로잡은 K-콘텐츠.
그 시작은 서로 다른 이름의 '한 사람'입니다.
한 사람의 비전과 한 사람의 열정, 그리고 한 사람의 노력.
조금 서툴러도 조금 투박해도 그 속에 담긴 가치를 발견하고
그 한 사람을 소중히 생각합니다.

우리의 가치
한 사람과 한 사람이 만나 또 하나의 '한 사람'이 됩니다.
중앙대학교 문예창작학과 콘텐츠 전공 석박사 재학생으로 구성된 〈한 사람〉은
드라마, 영화, 다큐, 애니메이션, 방송, 뮤지컬, 게임, 웹툰 등 다양한 장르의 문화콘텐츠를
기획하고 창작하고 비평하고 연구하고 있습니다.
글로벌 콘텐츠를 향한 특별한 의미와 특별한 의지로
문화예술의 새로운 지평을 엽니다.

세상의 가치
사랑은 함께 할수록 점점 더 커집니다.
스승은 제자를, 선배는 후배를, 나는 너를, 우리는 세상을, 오늘은 내일을, 사랑은 나눔을.
우리는 예술을 통해 보다 나은 세상 만들기를 꿈꾸는 사람들입니다.
'한 사람'의 가치 있는 콘텐츠로
나의 미래를 바꾸고
우리의 미래를 바꾸고
세상의 미래를 바꿉니다.

목차

7	고르디우스의 매듭	
	최다정	
33	부관참시	
	이지우	
61	사랑하지 않을 이유	
	요안나	
93	연애부고	
	이미령	
121	연애불변의 법칙	
	하선영	
145	철길의 끝	
	김은정	

고르디우스의 매듭

최다정

스튜디오드래곤 IP 기획 작가로 활동했으며, 현재 작가 매니지먼트 소속으로 판타지 드라마를 집필하고 있다. 장르를 불문하고 허무맹랑하게 느껴지는 모든 환상적인 이야기를 사랑한다. 그 사랑을 바탕으로 다방면의 판타지 콘텐츠 연구에 전념하고 있다.

도망치듯 이선의 집을 빠져나왔다. 비가 내리기 시작했다. 영서는 공동 현관을 벗어나지 못한 채 걸음을 늦추었다. 빌라 입구에 덕지덕지 펼쳐진 종이상자를 밟자 눅눅한 습기가 올라왔다. 누런 센서등과 함께 자동 출입문이 열렸다. 빗방울이 건물 안으로 튀었다. 빌라 앞 하천의 낡은 다리가 보이지 않을 정도로 빗줄기가 굵었다. 뒷걸음질 치는 사이 쇼핑백에 욱여넣은 토막 난 밧줄 위로 빗물이 얼룩처럼 번졌다. 이마에 튄 비가 관자놀이를 타고 흘러내렸다.

이선의 집은 엘리베이터가 없는 4층이다. 수고롭게 계단을 오르면 운동이 되니 이선은 그 점이 좋다고 말했고, 영서는 그런 이선이 좋았다. 그 집에 우산이 있을 것이다. 비밀번호를 알고 있으니 다시 계단을 타고 올라가 우산을 가져올까 했지만 영서는 더 이상 그를 볼 엄두가 나지 않았다. 센서등이 꺼지고, 텁텁한 공기가 숨을 조였다. 꼼짝없이 갇혔다는 생각이 들었다. 숨을 죽인 채 문밖으로 내리는 빗소리에 귀를 기울였다. 우리의 마지막은 어땠나. 어떻게 시작되고 끝맺었나. 이선은 매듭을 짓지 못하면 끝도 없는 거라고 했다. 영서는 고개를 끄덕였으나 이선의 말에 동의하지 않았다. 매듭을 푸는 게 끝이다. 그리고 매듭을 풀 때는 그것이 어떻게 묶여있는지 되짚어보기 마련이다.

*

   대학교 2학년 연합동아리에서 이선을 만났다. 사회학과 동기인 지원을 따라 대학생 커뮤니티 앱으로 영화감상 동아리에 지원했지만 영화 관람에 취미가 있는 것은 아니었다. 거창한 이유랄 건 없었고 적당히 하루를 때우기 좋을 것 같았다. 두 시간 남짓한 상영시간 동안 사람들과 함께 있으면서 깊이 교류하지 않아도 되고, 여차하면 어둠 속에서 남몰래 졸기도 하면서 관람이라는 명목하에 무리 없이 시간을 보낼 수 있다는 것이 마음에 들었다. 동아리 면접에서는 이참에 영화라는 장르를 알아가고 싶다고 둘러댔다. 영화는 모든 사람에게 열려 있잖아요. 대답이 만족스러운지 회장의 눈꼬리가 휘었다.

   그러나 면접에 통과했다는 문자를 받고, 오리엔테이션 날까지 들떠있던 지원은 모임에 참석한 부원들과 반갑게 인사를 나눈 뒤 동아리를 탈퇴했다. 친목이 목적인데 괜찮은 사람이 없다며 영서에게 미안한지 같이 발을 빼자고 했다. 영서는 한 번 보고 어떻게 알 수 있냐고 물었다. 한 번 봤으면 됐지. 지원은 그런 게 효율이라고 했지만 그날 신촌역 근처 카페로 모인 부원들은 대략 스무 명 정도였다. 긴 테이블을 둘러싸고 모두가 말없이 앉아 있었고 한 시간 동안 동아리 소개와 자기소개만 진행했기 때문에 누군가를 판단할 시간은 없었다. 영서는 모르겠다는 말로 동아리에 남았다. 설령 충분한 시간이 있었더라도 지원이 말한 괜찮은 사람의 기준이 무엇인지 영서는 알지 못했다.

그곳에는 이선도 있었는데, 영서의 옆자리에 앉아 특정한 체취를 풍겼다. 처음에는 코를 찌르는 비릿한 금속 냄새처럼 느껴지다 어느 시점부터 포근한 베이비파우더 향으로 변했고, 그러다 한순간 쇠 냄새로 돌아오기를 반복했다. 사람에게서 상반된 냄새가 공존하는 것이 낯설어 눈길을 줄 때마다 스치듯 눈이 마주쳤는데 놀랍도록 똑같은 자세로 미소 짓고 있었다. 오리엔테이션 내내 이선은 다른 생각에 잠긴 듯 한발 느리게 고개를 끄덕이면서도 차례가 오면 뜸들임 없이 자신을 소개했다. 사진학과로 영서와 학교도 학과도 다르지만 나이는 같았다. 모임 첫날이라 겨울에도 한껏 멋 부린 사람들 사이에 홀로 볼캡을 쓰고 학과 점퍼를 덮은 것도 눈길을 끌었다. 아무렴 짧은 틈에 알 법한 사람은 아니었다.

그날 이후 다시 만났을 때 이선의 뺨은 부어있었다. 동아리 첫 활동을 위해 부원들이 영화관 로비로 모였고, 영화 시작 전까지 무리를 지어 잡담을 나누었다. 영서는 이선이 있는 무리로 다가갔다. 터틀넥 위로 목도리를 두른 이선에게 누군가 얼굴이 왜 그러냐며 걱정했다. 이선은 날씨가 추워서 생긴 홍조 같다고 해명했는데 그렇다기에 반대쪽 뺨이 멀쩡했다. 같이 온 친구가 없는지 이선은 모두를 초면처럼 대했고, 사람들은 의문스러운 눈치였지만 금세 다른 화제로 넘어갔다. 영서는 이런 책임 없는 상황을 좋아했다. 하지만 쓰린 듯 입술을 달싹이는 이선과 눈이 마주치고, 그가 난감하게 웃으며 갑자기 마음에 골이 생겼다. 여유가 생기면 그 골에다 무슨 일이 있었는지 흘려줄 것처럼.

부원들은 영화 취향을 말하고 있었다. 대부분이 유명한 로맨스 영화를 꼽길래 영서도 그런 영화를 말했다. 이선은 좋아하는 영화로 〈연가시〉를 꼽았다. 연가시 좋아해요. 멋쩍은 움직임에서 녹슨 나사를 문지르면 묻어나는 냄새가 풍겼다. 영서를 비롯한 몇몇 부원이 연가시의 늘어지고 비틀린 생김새를 회상하며 미간을 찌푸렸다. 그러자 이름 모를 예술영화를 읊던 시네필 하나가 이선을 보며 아는 체했다.

끔찍한 재난물 같은 거 좋아하시는구나. 스릴 넘치는.

눈물겨운 이야기죠….

이선의 말을 끝으로 서먹한 침묵이 흘렀다. 그는 웃으며 신파를 좋아한다고 덧붙였지만 동조해 주는 부원이 없어서 대화가 그대로 끊겼다. 시네필은 팝콘을 사야겠다며 어디론가 사라졌다. 영서도 그 작품을 봤으나 본지 오래되어 눈물보다 물이 필요한 이야기라고 기억할 뿐이었다. 눈물이 겨울 정도로 필요했던가. 신파를 좋아하지도 싫어하지도 않지만 신파를 좋아하는 사람은 궁금했다. 그가 연가시를 끔찍한 괴물 이야기가 아닌 슬프고 딱한 이야기라고 여긴다면 한 번쯤 부어오른 한쪽 뺨에 대한 사정을 듣고 싶었다.

그런 생각을 하다 영화 시간이 되고, 이선과 〈에이리언: 로물루스〉를 보았다. 영서는 괴물이 튀어나오는 스크린을 보며 이선을 생각했다. 부원들이 비명을 지르며 손으로 두 눈을 가리고, 고개를 돌리는 순간에 맞추어 이선을 엿보는데 두 시간 내내 그는 미동도 없이 앉아 있었다. 목을 길게 빼내고 시선을 앞으로 고정한 채 몰입한 모습이 충격을 받아 사고회로가 멈춘 것도 같았다. 상영이 끝난 뒤 간담회에서 영서는 이선에게 영화가 어땠냐고 물었다. 예상대로 그는 극한의 상황에서 느껴지는 원초적 공포에 둔감했고 소중한 사람과 함께 살아남으려 발버둥 치는 모든 감정의 흐름이 보인다고 했다.

동아리 활동이 끝나자 카페에서 감상을 주고받던 부원들이 하나둘 흩어졌다. 저녁 시간이 다가온 틈에 영서는 남겨진 그와 카페 옆 쌀국수 가게로 자리를 옮겼다. 뿌옇게 김이 피어오르는 쌀국수로 찬 몸을 데우며, 그의 성을 떼고 넌지시 선이라는 이름을 불렀다. 동갑이라 말을 놓아도 전에 알던 친구처럼 편해지지는 않았다. 하지만 선은 사람들과 있을 때처럼 말수가 적지도, 멋쩍게 웃지도 않았다. 의외로 장난기가 있고 만약의 상황을 가정하기 좋아하는 천연스러운 사람이었다.

영서는 만약 하나뿐인 친구가 연가시나 에이리언이나 여하튼 끔찍한 괴물이 되면 어떻게 하냐는 쌀국수 가게에서 훌쩍 벗어난 고민을 선과 함께했다. 슬프지만 서로를 위해 달아날 수밖에. 영서의 말에 선은 정말 어쩔 수 없는 현실이라며 너만은 꼭 살아남으라고 격려했다. 자신이 괴물이라도 된 양. 원래부터 영서의 오랜 친구인 것처럼 훅 덮치는 말이 나쁘지 않았다. 영서가 불거진 볼에 눈길을 두자 그가 입을 열었다.

실은 나 추위를 타지 않거든. 몸에 열이 많아서.

추워서 홍조가 생길 일이 없다는 뜻이었다. 하나뿐인 친구와 술을 마시다 얻어맞았다고 선은 고백했다. 사내놈이라 주먹 힘이 세더라. 그 뒤로 연락이 안 돼. 영서는 친구가 없어졌다는 선을 간단히 위로했다. 괴물이 되어 없어졌다고 생각해. 선은 자신과 친구 중 누가 괴물이냐며 긴 눈매를 갈고리처럼 휘어 웃었다.

맞았다고 하면 될 걸 왜 거짓말했어?

무섭잖아. 무서워할 거고.

선은 다리를 떨며 어쩐지 불안한 듯 굴었다. 테이블이 흔들리는데도 자신이 다리를 떨고 있다는 것을 전혀 인지하지 못했다. 식사를 마친 영서는 입을 닦은 냅킨을 습관적으로 찢었고, 선은 그 조각들을 모아 쪽지 모양으로 깔끔히 접었다. 시답잖은 얘기와 그가 다니는 사진학과 이야기도 했지만 끝내 그가 왜 친구에게 맞았는지는 알 수 없었다. 대화가 핵심으로 갈 듯 애매한 부근을 맴돌고 있는 느낌이 들었다. 쪽지가 세 덩어리 나올 때쯤 쌀국수 가게를 나섰다. 선이 암실에 카메라를 놓고 왔다며 학교로 가야 한다고 했다. 영서는 이만 약속이 있다며 집으로 향했다.

*

그 무렵 선은 자취방 근처 피자집에서 카운터 아르바이트를 했다. 가게는 빛 좋은 개살구처럼 외형은 멀끔했지만 꽤나 이상한 곳에 있었는데 고가도로 앞에 덩그러니 놓여 주변으로는 아무런 상가도 없이 쌩쌩 차량이 오가고 시시때때로 경적이 울리는 위치였다. 거주하는 사람이 아니면 굳이 걸음 할

일 없는 외진 동네였다. 그래서인지 버스 승객 중에서 고가도로 한복판에 세워진 정류장에서 내린 사람은 영서뿐이었다. 버스가 정류장에 홀로 선 영서를 스치며 쿰쿰한 매연을 내뿜었다. 고가도로 너머로는 번화가가 있는데 거대한 차로에 가려져 아무것도 보이지 않았다.

수업이 끝나고 시간이 날 때마다 영서는 피자집에서 선을 만났다. 영서가 다니는 대학교에서 피자집까지는 어림잡아 한 시간 거리였다. 선은 찾아가기로 약속한 날보다 약속하지 않고 찾은 날 영서를 더 반갑게 맞이했다. 무작정 찾아와도 돼. 아니면 네가 오기 전부터 막 긴장돼. 위치가 위치다 보니 대부분 배달로 주문하는지 영서가 매장을 찾은 유일한 손님이었다. 다른 손님이 있다면 동네 주민이었고 잠시 머물다 피자를 포장해 떠나는 게 고작이었지만, 그런 것치고는 노란색 유광 벽타일과 벽면에 붙은 종이 포스터, 매장을 울릴 만큼 크게 틀어놓은 팝송이 주의를 끌었다.

영서는 매번 카운터 앞 테이블에 앉아 무난한 치즈피자를 먹었다. 선은 영서의 맞은편에 앉아 있거나 카운터로 들어가 공들여 포장 상자의 매듭을 묶었다. 양손으로 끈을 조이는 손길에 필요 이상의 강한 힘이 실렸고, 영서는 집중한 그의 손아귀를 가만히 지켜보았다. 까만 목티 위로 셔츠 유니폼을 걸치고 팔에 꼼꼼히 토시를 씌운 선은 겨울에 보았던 무심한 옷차

림과 달리 정갈하다 못해 엄숙했다.

 피자 박스 뜯을 때 매듭은 어떻게 하는 편이야?

 풀 수 있으면 푸는 편이야. 선이 물었고 영서가 대답했다.

 잘라버리지 않고? 라며 되물은 선은 매듭을 보존하는 편이라고 했다. 매듭 같은 건 풀기 어렵고, 풀고 나면 그걸로 다시 뭔가를 묶어야 할 것 같아서 끈을 자르거나 묶인 상태로 벗겨서 버려. 영서는 예상과 다른 그의 담대한 면에 조금 놀랐다. 다른 사람들이야 포장 상자의 끈이 어떻게 되든 풀든 자르든 힘으로 끊어내든 하겠지만 선은 시간이 걸려도 매듭을 풀어낼 것 같은 인상이 있었다. 포장된 끈을 싹둑 잘라버리는 건 그다지 영서가 기대한 선이 아니었다. 포장 일을 해서 그런가. 팝송이 어느덧 소음이 되어 영서의 귀를 어지럽혔다. 바람 빠지게 웃는 이선에게 영서가 물었다.

 선물 포장 같은 것도 그래?

 그거야 물론 아니지. 피자 박스 한정.

 선물은 소중하니까 고민이 필요하잖아. 길게 미소 띤 입가와 동공에 조금씩 경련이 일었다. 은근히 눈치를 살피는 선의 모습에서 영서는 알 수 없이 뻐근한 안도감을 받았다. 다음 날 영서는 선물 포장된 양키 캔들을 들고 피자집을 찾았다. 카운터를 지키는 선에게 선물 상자를 내밀자, 그는 선선히 웃으며 고민하는 듯하다 손으로 조심스럽게 포장 끈을 풀었다. 특유

고르디우스의 매듭

의 체취는 피자집에 밴 구릿한 치즈 냄새와 밀가루 반죽 냄새에 완전히 묻힌 지 오래였다. 피자 냄새를 맡으며 영서는 선에게 좋아한다고 고백했다. 그에게서 나는 쇠 냄새를 맡으려 간헐적으로 숨을 깊게 들이쉬면서.

집 비밀번호는 119119야.

사귄 뒤로 선은 묻지도 않았는데 비밀번호를 말했다. 이어진 숫자들이 전화번호나 생일과 같은 개인정보에서 따온 것 같지는 않았고, 긴급한 어떤 사건사고를 무더기로 연상시켰다. 영서는 왜 그런 번호야? 라는 물음을 삼킨 채 떨떠름하게 웃어넘겼다. 비밀번호는 비밀로 해야지. 영서가 약간 꺼리자 선이 별건 아니라는 듯 의구심을 거두었다. 편할 때 와도 좋다는 뜻이었어. 영서는 피자집에서 비밀번호를 말하는 선의 싱그러운 표정과 여유롭고 부주의한 몸짓이 문득 부러워졌다. 그렇게 할게. 하지만 편한 날 영서는 집으로 선을 만나러 간 적 없다. 그건 많은 날 무작정 만났던 피자집과는 달랐다.

영서는 스물이 되자마자 부모님을 등지고 집을 나와 기숙사에 살고 있다며 그간의 생을 압축했다. 그러자 선도 비슷한 상황이라며 아르바이트로 돈을 버는 게 그 때문이라고 했다. 영서는 부모로부터 경제적 지원을 받고 있기는 했지만 남 일 같지 않았다. 괴롭히던 부모가 없어진 것도, 하나뿐인 친구가 사라진 것도, 아무렴 좋지만 내가 죽어도 처리할 사람이 없다는 건 아쉬워. 정말 아무도 없을지도 몰라. 선이 적적한 미소를 지었다. 동시에 의뭉스러운 비밀번호의 이유가 짐작되는 순간이었으나 영서는 개운하지 않았다.

집에서 죽을 거야?

선은 특별한 일이 없으면 그럴 거라고 말했다. 일순 덮쳐오는 측은함 내지는 동질감을 누르지 못한 채 영서가 집 주소를 물었다. 걱정도 일정 선이 있어서 선 너머의 것에는 관여할 수 없었다. 너도 나만큼 이상하네. 푸시시 웃는 선을 보며 영서는 그와 깊숙이 연결되는 것을 느꼈다. 빛이 든 빌라인데 빛이 들지 않는다. 웃기지? 머릿속 한구석에서 사이렌처럼 위험신호가 들려와 영서는 웃을 때를 놓쳤다. 선은 내밀한 사정까지는 말하지 않고 유려하게 화제를 바꾸었다. 영서는 구태여 흐름을 거스르지 않았다. 다만 비슷하게 처한 서로의 상태를 어루만지며 희미하게나마 결핍을 이해받은 것에 만족했다.

*

따로 만날 수 있는 날은 많지 않았다. 각자 학교에 다녀야 했고, 선은 주 5일 내내 아르바이트하느라 동아리 모임에 불참하는 날이 잦았다. 여유가 생기면 영서는 과제용 사진을 찍으러 장비를 챙긴 선을 따라 경치 좋은 곳을 동행했다. 사진은 흐린 날에 찍을 수 없어. 그래서 때를 기다려. 며칠 연속으로 비가 내리다 간만에 날씨가 개어 올림픽공원에 나온 날이었다. 풀밭 위에 돗자리를 펴두고 써브웨이를 먹으며 날이 화창해지기를 기다렸다.

영서는 돗자리에 아무렇게나 놓인 선의 카메라를 구경했다. 셔터 버튼을 누르자 보도블록 패턴, 타일 틈새 직선, 원형 교차로의 곡선이 이어졌다. 최근에 과제로 주어진 주제가 선이었거든. 버튼 소리를 들은 이선이 휴대폰으로 날씨를 검색하며 말했다. 그래서인지 죄다 직선이나 곡선을 찍은 사진이었다. 영서는 그중 누군가의 그림자 사진에서 손길을 멈추었다. 과제 사진이 아니었다. 옷을 입지 않은 듯 신체의 구불구불한 선이 고스란히 보였고 빛이 드는 곳과 들지 않는 곳의 명암대비가 극명했다. 이선의 몸일까? 모래바람이 부는 틈에 추측할 뿐이었다.

꺼내둔 장비를 써보지도 못한 채 사진을 보는 것으로 흐린 날의 오후가 흘렀다. 반려동물을 데리고 짐을 싸는 사람들 틈에서 돗자리를 접었다. 버스를 타고 선의 학교에 도착할 때쯤 모래 알갱이가 들어와 눈이 뻑뻑하고 목구멍이 칼칼했다. 쌀쌀한 감이 있었지만 선은 초봄에도 느슨한 터틀넥에 목도리를 두른 차림이었다. 사귄 지 어언 석 달인데도 영서는 아직 얼굴을 제외한 그의 맨살을 보지 못한 것이 의아했다. 선은 흔히 소매를 걷어 올리는 행위조차 하지 않았다.

촬영 장비 반납하고 올게. 학과 건물로 들어서자 선이 계단을 올랐고, 영서는 1층 로비에 남아 그를 기다렸다. 오며 가며 마주친 학생들은 건물 밖 벤치에 옹기종기 모여 담배를 태웠다. 영서는 학과 사무실과 학생회실을 거쳐 동아리방으로 걸음을 옮겼다. 동아리방은 일부러 문을 뜯어놓았는지 내부가 훤히 보였다. 사람이 아무도 없는데 히터가 가동되고 있었다. 온기를 느낄 겸 잠시 그곳을 구경했다. 철제책상에 언제부터 붙어있었는지 모를 거무튀튀한 핑크색 하트 스티커가 덕지덕지 붙어있었다.

모든 사람과 사랑의 형태를 존중합니다.

하트모양 안에 그런 문구를 품고 있었지만, 오랜 시간 누군가의 손때가 묻고 칼자국으로 찢어져 아무래도 효력이 없는 부적처럼 보였다. 로비에서 잡담하는 소리가 들렸다. 영서는 동아리방을 벗어났다. 유리창 너머로 담배를 태우던 학생들은 이제 어딘가로 사라진 뒤였다. 그 자리에는 짓밟힌 꽁초만 나뒹굴었다.

선은 보이지 않았다. 영서는 계단을 오르다 2층 화장실 앞에서 선과 눈이 마주쳤다. 그는 또래로 추정되는 남자에게 멱살이 잡혀있었다. 남자의 손아귀에 목도리가 잡히고 터틀넥 옷감이 늘어나 허연 목이 훤히 보였는데 핑크색 밧줄에 꽉 조인 상태로 파리했다. 남자는 그런 이선이 혐오스러운 듯 목까지 핏대를 세웠고, 선은 무표정으로 침묵을 지켰다. 두 사람은 질린 것 같았다. 정신 차려 변태 새끼야. 남자 입에서 욕설이 나오는 순간 영서는 목에 밧줄을 맨 이선이 영영 멀어지는 것을 느꼈다. 다시금 귓가에 사이렌 소리가 들리는 듯했다. 영서는 가까스로 계단을 내려갔다.

놀라게 해서 미안해. 며칠간 이선의 문자를 꺼내볼 수 없었고, 밤새 잠을 설쳤다. 잠을 설친 것은 다른 무엇도 아닌 죄책감이 들어서였는데, 그날 남자에게 멱살을 잡힌 이선이 마치 샥스핀을 위해 인간 손에 지느러미를 잘리고 바다에 내던져진 상어 같았기 때문이다. 영서는 이선의 지느러미를 자른 적이 없고 애초에 이선은 지느러미가 없지만 표정이 그랬다. 영서가 그 괴상한 상황을 이해하지 않으면 그대로 바다에 버려질 것 같았다. 줄곧 생각한 범주에 머물던 이선, 그 외의 것을 어떻게 보아야 할지 고민했다. 밧줄에 결박된 이선의 모습 같은 건 영서의 사랑에서 고려되지 않은 돌발 행위였다.

그가 왜 그렇게 됐는지 궁금증이 들어찰 즈음 지원을 만났다. 어떻게 볼지 고민할 필요도 없어. 그냥, 그런 사람한테 잘못 걸리면 끝장난다. 지원은 아이스 아메리카노를 마시며 명쾌하게 이선을 차단하고 끊어내라고 말했다. 그러면서 어쩐지 그 영화동아리가 쎄했다고 오리엔테이션 때부터 진작 알아봤다며 일장 연설을 시작했다.

　그냥 존나 씨발 이상한 사람이잖아? 세 달 만에라도 알아서 다행이지.

　위험하니 궁금해하지도 말고, 백일이 되기 전에 정리해. 격앙된 지원의 말은 군더더기 없이 깔끔했으나 가만히 듣고 있던 영서는 점점 어려워졌다. 그도 그럴 게 이선이 그냥 존나 씨발 이상한 사람이라면, 그런 식이라면 선을 이해하고 그에게서 동질감을 느낀 영서도 같은 사람이 되기 때문이었다. 영서는 선과 결핍을 공유하며 감정을 나누었던 모든 시간이 결국 그가 이상한 사람이었다는 단 한 줄로 부정되기를 원하지 않았다. 존나 씨발까지는 아니야. 네가 씨발 뭘 알아? 턱 끝까지 차오른 말을 눌러 담는데, 지원이 말했다. 셈을 잘해봐. 이번에는 차분한 어조였지만 영서는 모르겠다는 말로 카페를 빠져나왔다. 집으로 향하면서도 도무지 자신이 무엇에 매달리고 있는지 알 수 없었다.

*

　너저분한 감정의 끄나풀이 사라지긴커녕 계속해서 엉겨 붙었다. 지원을 만난 뒤로 영서의 감정은 단순하게 정립될 수 없는 형태로 번져 있었다. 관계를 정리하려면 인사가 필요했고,

그 무렵 동아리 엠티 공지를 받았다.

 부원들과 함께 다시 만난 이선은 볼이 조금 패여 수척한 기색이었다. 하지만 그가 사람들 앞에서 잘 웃다 보니 영서의 눈에는 길게 찍힌 보조개처럼 보였다. 가평으로 향하는 렌터카를 타고 고속도로 휴게소에 들어서자 부원들은 뿔뿔이 흡연구역으로, 스낵코너로, 화장실로 흩어졌고, 영서는 뒤에서 느직하게 걸어오는 이선의 인기척을 느끼며 철 지난 가요 테이프를 늘어놓은 잡화점 앞에서 걸음을 멈추었다. 여전히 목까지 올라온 옷을 입은 이선이 멋쩍은 기색으로 뺨을 긁었다. 좀 놀랐어. 올 줄 몰랐는데. 영서는 인사하러 왔다고 말하는 대신 뺨은 이제 괜찮아졌냐고 물었다. 선이 붉어진 뺨으로 고개를 끄덕였다.

 널 때린 하나뿐인 친구가 그 남자야?

 응. 성벽을 들켰거든.

 어쩌다? 친구에게 뭘 하려고 했어?

 아니. 난 아무것도 하라고 하지 않아. 할 수도 없고.

 어쩌다 그렇게 된 거야. 언제부터?

 영서야, 이유를 알면 네가 뭘 해줄 수 있니.

 아무것도. 널 이해해 보려고 하잖아. 그뿐이야.

 선은 숨을 잠시 멈추었다가 다시 입을 뗐다. 그런 건 이해받을 수 있는 게 아니야. 사람들이 그러더라. 왜 그러냐고. 그런데 잘 모르겠어. 이제 와 돌아보고 싶지도 않은걸. 내가 만약 충분한 사연을 가졌더라면 이해받았을까? 난 그저 목을 맸고, 운 좋게 살아남았어. 그 뒤로 계속 이 모양이야. 손쓸 수 없게 사지가 묶이거나 아무튼 단전까지 끌고 가는 쾌락이 없으면 살아갈 수 없고 도무지 멈추어지지 않아. 목까지 묶어둔 채로 욕조에 들어가. 이불 덮듯 머리까지 물이 잠기게 해. 그렇게 하면 조금씩 나아지는 거야.

그건 나아지는 게 아냐…. 영서는 자신 없는 목소리로 말했으나, 그 소리는 마침 옆을 지나가던 가족무리에 휩쓸려 사라졌다. 양손에 부모를 쥔 아이가 회오리 감자를 외치며 스낵코너로 달려갔다. 부모는 작은 아이가 마치 거대한 코커스패니얼이라도 된 양 멈춰 세우지 못하고 딸려 갔다. 영서는 그제야 주변을 둘러보았고, 가족 단위로 움직이는 사람들을 보다 잠시 고개를 떨구었다. 범주를 벗어난 건 이선만이 아닌가? 그런 건 누가 정해서 여기에 이르는 걸까. 쟁반 위를 돌던 병아리 인형이 바닥으로 떨어졌다. 영서는 이선의 눈동자를 넘보았다. 머지않아 부원들이 돌아왔고, 소란 틈에 영서가 이선의 빈손을 잡았다. 미동도 없는 그의 손을 매만진 것은 영서 자신에 대한 위로이기도 했다.

엠티는 독채로 지어진 통나무 펜션에서 진행되었다. 부원 전체가 방 안에 모여 앉아 밤까지 술 게임을 하다 점차 친한 일행끼리 술판을 이어갔다. 대형 스크린으로 로맨스 영화를 보자는 다수의 의견에 따라 절절한 사랑 이야기를 메들리로 틀어두었지만 정작 영화에 집중하는 사람은 한둘에 불과했다. 몇몇은 화장실을 간답시고 펜션 밖으로 나가서 한동안 돌아오지 않았다. 영서는 할 말이 있다는 이선과 마당으로 나왔다. 벌레가 날아드는 가로등 아래에 서자 맞은편 그네에 앉은 부원 두 명이 보였다. 수줍은 모습을 보아하니 고백하는 것 같지 않냐고, 영서가 말하려는데 이선이 입을 뗐다.

영서야. 나는 이제 네 이름까지 좋아. 부르고 있으면 용서처럼 들리거든.

용서가 필요한 죄인처럼 구는 선에게 영서는 무엇도 묻지 않았다. 그날로 둘 사이에는 애틋한 감정과 좁혀지지 않는 골이 생겼다. 기숙사 방에 홀로 남겨질 때면 영서는 화장실로 들어가 그 골을 메워보려 얇고 긴 스카프를 들었다. 참을 수 없는 충동에 휩싸이며 심장을 조이듯 스카프로 가슴을 묶었다. 날갯죽지 아래로 아무렇게나 매듭을 짓고 나면 서서히 숨이 막혔다. 양팔을 뒤로 젖혀 엉망으로 엉킨 매듭을 풀어보려다 살갗이 쓸리고, 이대로 죽을 것 같은 공포에 허덕이며 가까스로 화장실을 뛰쳐나와 문구용 가위로 스카프를 끊어냈다. 막혔던 호흡과 실소가 밀려왔다.

더없이 환희에 올랐다면 좋았을 것이다. 선을 이해할 수 있었더라면 좋았을 것이다. 영서는 그때마다 달뜬 숨을 고르지 못한 채 외투를 껴입고 곧장 빛이든 빌라로 향해 선을 만났다. 벅차게 선을 마주 보며, 밧줄에 묶인 채 죽음에 매료된 그가 느꼈을 쾌락을 짐작했다. 그러면 어긋났던 서로의 모습이 이전처럼 비슷한 모양으로 맞추어지는 듯했다. 모든 것이 해피엔딩에 이를 것처럼, 별것도 아닌 해프닝처럼 다가왔다.

*

아주 평범한 날 이선은 연락이 두절되었고, 빌라를 찾은 영서는 떨리는 손길로 119를 두어 번 눌러 집에 들어왔다.

이선은 나체상태였다. 작은 방안에는 드문드문 밧줄이 널브러져 있었고, 그는 정작 화장실에 있었는데 열린 욕조 덮개 틈으로 핑크색 밧줄에 결박된 채 입욕제를 띄운 물속에 반쯤 잠겨 있었다. 사인이 익사인지 목 졸림인지 알 수 없게 몸이 퉁퉁 부어올랐고, 밧줄이 그런 몸을 동여맸다. 피가 고인 부위와 고이지 않은 부위가 갈라져 몸 상태가 처참했다.

적막 속에서 눈 감은 이선을 보며 영서는 뜬눈으로 물었다. 죽은 거야? 이선은 대답이 없었다. 식은땀이 나고 심장이 불규칙적으로 뛰었다. 삼키지 않았는데 침이 넘어가 목이 메었다. 죽은 거니? 손을 대지 못해 가만히 내려다볼 뿐 몸이 얼어붙어 아무것도 할 수 없었다. 대신 죽은 거냐는 물음만 계속 되풀이했다. 물음이 아니었다. 욕실에는 싸늘한 냉기가 가득했고 이선의 몸은 흙빛이 되었다. 숨을 거두었다는 것은 직감으로 알 수 있었다. 영서는 그대로 뒷걸음질 쳐 이선의 집을 벗어났다. 벗어나야 했다.

영서는 닫힌 문 앞에서 휴대폰 전원을 켰다. 신고할 것이다. 신고를 하면 경찰이 올 것이고 그들은 수사를 시작할 것이다. 그러면 선은 결국 어떻게 되는 걸까? 인터넷 기사에 선의 죽음이 가십이나 괴담으로 뿌려질지도 모르겠다. 아마 그렇게 될 것이다. 죽은 뒤의 선을 생각하자 감정이 앞섰고, 영서는 발길을 돌렸다. 땀에 젖은 손가락이 키패드에서 연신 미끄러져 비밀번호를 몇 번이고 틀린 뒤에야 도어락이 열렸다. 현관에서부터 엄습하는 공포가 영서를 짓눌렀다. 하지만 돌아서면 이선은 괴물이 되어 버려진다.

욕실에 들어서자 입욕제 향기와 꿉꿉한 물비린내가 올라왔다. 욕조 덮개가 열린 채 의식이 없는 이선과 그의 근처에 뭉쳐진 거품들이 하나둘 터지는 걸 보자 새삼 숨이 막히고 메스꺼워 토기가 몰려왔다. 곧장 변기 커버를 부여잡고 구역질해 물에 흘려보냈다. 서늘한 기운에 체온이 떨어져 팔에 자잘한 소름이 돋았다.

영서는 토 묻은 입을 닦으며 욕조에 잠긴 이선을 바라보다 이내 뻣뻣해진 팔을 잡아당겼다. 물먹은 몸이 딱딱하고 무거워져 잡아당겨서는 역부족이었다. 어쩔 수 없이 바지를 걷고 욕조에 들어가 이선을 마주 보았다. 입욕제 거품이 영서의 다리를 휘감았다. 문득 죽은 선이 눈을 뜨고 이름을 부를 것만 같았다. 용서에 가까운 영서의 이름을. 영서는 푸르딩딩하게 부풀어 오른 몸을 껴안듯 들어 올렸다. 영서의 옷이 거품으로 젖어 들었다. 파랗게 변한 선의 입술이 외로워 보였는데 토한 뒤라 입맞춤은 할 수 없었다.

낑낑거리며 몸을 부축해 사지가 묶인 선을 일으켰다. 하지만 욕조에서 완전히 벗어나기도 전에 하중을 견디지 못하고 꼬꾸라져 그와 함께 욕실 바닥에 나동그라졌다. 넘어지면서 돌처럼 굳은 이선의 몸 어딘가에서 우두둑 소리가 들렸다. 지금 무슨 짓을 하고 있는지, 그런 걸 헤아릴 정신이 아니었고 눈앞이 아득했다. 영서는 그저 이선이 이런 식으로 처참히 누군가에게 발견되지 않기를 바랐다. 간절히, 이선의 죽음을 두고 세간이 불명예스럽게 떠들지 않기를 바랐다. 탈선한 그를 되돌려놓아야 했다. 그가 원치 않을 수 있다는 전제는 미처 생각하지 못했다.

선을 잠시 타일 바닥에 놓아두고 물이 가득한 욕조에 팔을 집어넣어 더듬더듬 고무마개를 빼냈다. 배수구 위로 작은 소용돌이가 몰아치며 물이 금세 빠져나갔다. 욕조에 입욕제 거품 띠가 여기저기 흔적처럼 남았다. 아무 일도 없었고, 그저 편안히 목욕했을 뿐인 것처럼. 이선도 무난히 목욕 중이었을까. 오늘에야 마침내 죽을 걸 알았을까. 영서는 혼자 남겨진 그가 생의 마지막에 어떤 생각을 했는지 알 수 없었다. 그를 위해 무언가 해야 했을까. 무엇을? 영서는 후회할 수 없었다. 그에 대한 어떤 것도 장담하지 못했기 때문이다. 어렴풋한 죄책감 속에서 모든 게 불투명하게 남겨진 채였다.

매듭은 묶는 것보다 푸는 게 어렵다. 아주 어려운 문제다.

이선의 온몸에 묶인 핑크색 밧줄을 손으로 풀어보려 했지만, 여간 어려운 게 아니었다. 힘을 주어 밧줄을 억지로 풀려다 순간 검지 손톱이 들려 고통이 몰렸다. 싱크대에서 가위를 가져와 이선을 옥죄인 밧줄을 끊어냈다. 한결 편안해 보이는 이선의 얼룩덜룩한 몸을 수건으로 닦았다. 많은 눈물이 필요하지는 않았다.

힘겹게 이선의 두 팔을 끌어와 매트리스에 누이며 목덜미에 남은 삭흔까지 이불을 덮었다. 머리까지 덮으면 정말로 그가 이 세상 사람이 아니게 될 것 같아 얼굴은 가리지 않고 남겨두려는데 그의 푸른 얼굴을 보고 있으니 괴로워졌다. 영서는 그와 감각을 공유했던, 다시는 없을 모든 조각난 순간을 기억했다. 코앞에서 숨을 깊이 들이마셔도 아무런 냄새가 나지 않았다. 영서는 생전 그에게서 맡았던 쇠 냄새, 베이비파우더 냄새, 피자 냄새를 떠올리며 머리까지 이불을 끌어 덮었다.

  욕실 바닥에 깔린 핑크색 밧줄을 쇼핑백에 주워 담고 이선의 집을 나섰다. 공동 현관 센서등이 켜지고 닫힌 자동문 틈으로 비가 치고 들자 비참한 기분이 영서를 덮쳤다. 마땅히 신고해야 했지만, 영서는 무거워진 발걸음에 집중했다. 밧줄에 묶여 응고된 이선의 가느다란 혈관들이 자유로이 풀어지기를 기다리며. 누군가 그를 발견했을 때 그의 신체 곳곳에 남은 피멍 흔적이 말끔히 지워져 있기를 기도하며. 복도에 발소리가 울리며 걸을 때마다 쇼핑백 안으로 뭉툭하게 묶인 매듭들이 부딪혔다. 현관을 나서자 거센 비가 영서의 머리 위로 우수수 떨어졌다. 막막한 빗속에 잠긴 채 영서는 매듭을 유보하기로 했다. 집 밖을 나오지 못한 그의 집에 빛이 들 수 있을까. 뒤를 돌아본 영서가 물기 어린 시선으로 바라보았다. 빌라 창문에서 시퍼런 빛이 역류하고 있었다.

부관참시

이지우

'레이저리'라는 필명으로 BL 웹소설을 쓰고 있다. 〈만두집에 만두를 사러 갔더니〉로 데뷔하였으며, 대표작으로는 〈두번씩이나 이 거지같은 섬에 떨어지다니〉, 〈빌어먹는 자들〉, 〈커버업〉 등이 있다. 또한 이러한 원작 IP를 바탕으로 웹툰 제작을 진행 중이다.

컴퓨터엔 커다란 남성의 성기가 덜렁이고 있었다. 잠깐 졸았나 보네. BL웹툰을 그리는 나는 당장 이번 연말에 내보낼 크리스마스 특별판 외전 작업을 하던 중이었다. 역시 크리스마스는 섹스, 그리고 섹스지. 습관처럼 태블릿 펜을 고쳐 잡으며 양쪽으로 늘어선 듀얼 모니터 중 흉흉하게 발기한 성기가 떠다니는 왼쪽 모니터를 주시했다. 혈관을 좀 더 진하게 그려볼까. 아무래도 크리스마스니까. 하지만 모니터의 커서는 움직이지 않았다. 또 고장인가. 나는 몇 번이고 알몸의 캐릭터 위에서 헛손질했다.

이제 보니 내 손은 아예 펜을 쥐고 있지 않았다. 아니 육신은 펜을 쥐고 있었으나, 그 영혼은 잡을 수 없었다는 게 맞는 표현이었다. 나는 투명한 손 뒤로 딱딱하게 굳어진 채 펜을 잡은 진짜 손을 바라보았다. 마치 투명도 80의 레이어 뒤로 다른 레이어가 깔린 것처럼 보였다. 그제야 내가 거대한 남성의 성기를 그리다 과로사했다는 것을 깨달았다. 값비싼 모션 데스크 위에 엎드린 얼굴이 몹시도 고단해 보였다. 풀려버린 동공과 보랏빛이 된 입술. 채 벗지도 못한 안경이 책상과 얼굴 사이에 끼어 삐뚤어져 있었다. 마우스며 키보드를 움직이려 발버둥을 쳐보았지만, 적막한 집안에서 움직이는 것은 3D 모델링을 위해 둥둥 띄워놓은 거대한 성기와 오른편 모니터에 띄워놓은 메신저의 광고창뿐이었다.

한참이나 잠든 듯 엎어져 있는 내 얼굴을 바라보았다. 몇 년 전에 렌즈 삽입술을 할까 했는데, 너무 비싸 그만두었다. 이렇게 죽을 줄 알았으면 진작에 해볼걸. 워런 버핏이나 빌 게이츠도 안경을 끼고 다닌다며 자기 합리화를 했던 게 이제서야 후회가 들었다. 그때부터 물꼬가 트인 것처럼 살아생전 해보지 못한 것들이 산발적으로 떠올랐다. 유럽 여행이나 창덕궁 다도 체험처럼 언젠간 꼭 해봐야지 결심했던 것부터 결혼, 임신 같은 생전에 거들떠보지도 않던 일들마저 실패할지언정 그래도 한 번쯤은 해볼 걸 하는 생각이 들었다.

방년 34세 이현진. 하필이면 커다란 남자의 생식기를 그리다 죽다니. 오랫동안 고독사하고 말 거라 자조했지만, 이런 끔찍한 죽음을 맞게 될 줄은 몰랐다. 나는 왈칵 눈물이 났다. 물론 눈물이 나는 것은 기분일 뿐 실제로 육신과 분리된 영혼에

선 물기 하나 배어 나오지 않았다. 점점 파랗게 변하는 나의 시신 앞에서, 모니터엔 덜렁거리는 커다란 성기를 띄워놓은 채 한 시간쯤 울기만 한 것 같았다. 억울하고 원통하다는 말이 무슨 뜻인지 드디어 알았다. 막연히 상상으로는 더 길게 울 수 있을 것 같았는데, 생각보다 눈물의 끝자락은 그리 길지 않았다. 그 뒤로 찾아온 것은 지독한 현실이었다.

그 순간 깨달았다. 이 집엔 드나드는 사람이 없다. 애초에 집 주소를 아는 사람이라곤 배달 애플리케이션의 배달 기사나 택배기사뿐이었다. 그들은 내가 불러야만 오는 이들이었다. 최근엔 다이어트를 한답시고 양배추만 뜯어 먹느라 그마저도 아득하게 먼 기억이었다. 게다가 나와 주기적으로 연락을 하는 사람들도 많지 않았다. 몇 달에 한 번 일방적으로 성경 구절을 덜렁 보내는 엄마와 가끔 시시덕거리는 친구들과의 단체 카톡방. 그나마 자주 연락하는 사람이라곤, 원고를 재촉하는 출판사 담당자가 고작이었다. 나 스스로가 불쌍하고 가엾은 것은 여전했지만, 이제는 저 흉하기 그지없는 그림을 그리다 죽은 시신을 누가 가장 먼저 발견할 것인가 하는 문제가 남아있었다.

만일 구급대원이 나를 발견한다면 부모님에게 먼저 연락하겠지? 애초에 아버지랑은 사적으로 연락을 나눈 적도 없었고, 엄마의 일방적인 메시지에는 작년 초부터 답을 하지 않고 있었다. 심리적으로 멀어진 것은 그보다 더 한참 전이었다. '죄송합니다만 따님은 거대한 남성의 성기를 그리다 과로사했습니다.' 물론 구급대원이나 병원의 의료진들은 이렇게 말하지 않을 테지만 나는 그런 상상을 하면서 왠지 억울하기만 했던 죽음이 조금은 덜 슬프게 느껴졌다.

군인 출신의 아버지. 교회를 열심히 다니는 어머니. 그들은 10대 때 내가 연습장에 낙서하듯 그린 그림을 보곤 불온서적이나 사탄의 얼굴을 본 것처럼 경악했다. 아버지는 허리띠를 풀어 채찍질하듯 때렸고, 어머니는 나더러 이름 대신 사탄이라 부르며 울부짖었다. 한창 인기 있던 남자 아이돌 그룹의 두 멤버가 키스하고 있던 일러스트였다. 겨우 키스일 뿐이었다. 그런데도 엄마는 한참을 울면서 기도하더니 나를 교회에 데리고 갔다.

'청소년 계도 캠프' 교회의 쪽방에는 비슷비슷한 나이 또래의 아이들이 앉아서 기다리고 있었다. 그 교회의 목사는 동성연애를 들킨 아이들을 바른 길로 인도하기로 유명한 사람이었다. 아이러니하게도 그 캠프는 아이들 사이에서 비슷한 성향을 가진 이들을 두루두루 만날 수 있는 기회의 장으로 유명했다.

"자, 떠들지 말고! 다들 차례차례 차에 타자."

목사의 아들이라는 청년부 대표는 아이들을 인솔해 버스

를 태웠다. 나 역시 어머니의 손에 이끌려 그 캠프에 참가했다. 반강제로 끌려가면서도 난 동성애자가 아니라 꽃같이 예쁜 남자애들을 너무 좋아해서 돌아버린 거라고 외치고 싶었지만, 그때의 난 그럴 용기도 없었다. 지금 생각해보니 그렇게 하지 않은 게 천만다행이었다. 그건 내가 못 가질 바에야 너네끼리 만나라는 극악무도한 질투심이기도 했다. 담임목사는 동성연애를 하는 아이들, 그리고 남자로 태어났으나 자신을 여자로 믿는 애들, 그리고 나처럼 BL만화를 보거나 그리던 애들을 사탄이니 어린양이니 하는 말로 한 그릇에 비벼 기도했다.

그곳의 남자아이들은 내가 끌려온 죄목을 듣고는 슬금슬금 나를 피하기까지 했는데, 그건 담임목사의 기도보다 더 불쾌한 일이었다. 여드름 범벅의 남자애들은 내 취향이 아니었다. 내 취향은 오롯이 모니터 안에, 모공 하나 터럭 한 올까지 철저히 계산되어 움직이는 남자 아이돌들에 있었다. 버스는 강원도에 있는 교회의 수련원으로 향했다. 나는 냄새나는 또래 애들과 한 차에 타고 가는 게 싫어 도망이라도 치고 싶었다. 이제 나았으니 집으로 돌아가겠다고 해야 하나. 절대로 BL 만화를 그리지도, 보지도 않겠다는 각서라도 써야 하나 고민하고 있던 그때, 버스가 휴게소에 도착했다.

"현진이지? 화장실 안 가니?"

목사의 아들이 홀로 남아있던 나에게 말을 걸었다. '아뇨.' 요의가 느껴지긴 했으나 사춘기 여중생이었던 나는 남자인 그에게 내밀한 속내를 말하기 어려웠다. 그는 알겠다는 듯 고개를 끄덕이곤 이내 버스에서 내렸다. 나는 그가 멀찍이 사라지는 걸 보고 나서야 버스에서 내려 화장실로 향했다. 아이들은 놀러라도 온 것처럼 간식을 사먹거나 인형 뽑기를 하거나 한눈을 팔기 바빴다. 아이들이 타지 않은 것을 확인한 나는 주머니에 든 담뱃갑과 라이터를 만지작거리며 휴게소 화장실 뒤편으로 향했다. 그것은 어머니에게 들키지 않은 또 다른 비밀이었다. 조용하지만 오줌 냄새가 코를 찔러오는 벽 앞에서 불을 붙이고 이제 겨우 한 모금 담배를 빨았을 때였다.

"형… 잠깐만. 누가 보면 어떡해."

"누가 본다고 그래."

나는 물고 있던 담배를 툭 하고 떨어트리고 말았다. 그곳엔 캠프 버스에 탔던 내 또래의 남자애 하나와 목사의 아들이 서 있었다. 두 사람은 분명 입을 맞추고 있었다. 기실 너무 순식간이라 그들의 입술이 입술과 맞닿았는지, 목이나 귀를 핥았는지 헷갈렸다. 여튼 내밀한 살에 축축한 침을 묻히고 있던 것은 확실했다. 욕정에 뒤엉킨 두 사내를 나는 귀신 보듯이 바라보았다. 그들의 바지 앞섶이 불룩하게 튀어나와 있었다.

실제로 본 그렇고 그런 장면은 아이돌 일러스트만큼 아름

답지 않았지만 어린 마음을 둥둥 울렸다. 그것은 완벽한 어른들의 실패였다. 그들은 우리더러 병을 앓고 있다고 말했다. 애초에 병이 아니니 치료가 될 리 없었다. 이것은 일종의 취향이었고, 취향은 세월이 갈수록 깊어질 뿐이었다. 캠프를 갔다 온 뒤로 목사의 아들과 비밀을 하나씩 공유한 나는, 캠프나 기도모임에 나가지 않을 수 있었다. 건실한 청년인 목사의 아들이 어머니를 붙잡고 내 이야기를 잘해 주었기 때문이다.

그 뒤론 BL소설이나 만화를 보는 것을 더 꽁꽁 숨겨야만 했다. 더 깊숙이 숨길 방법을 찾다 보니 나의 취향은 점점 더 전문적으로 변해갔다. 노트나 연습장 따위에 소설을 쓰거나 그림 그리는 일 역시 그만두었다. 대신 컴퓨터로 그림을 그리고 글을 써 올리기 시작했다. 종이는 너무 증거가 많이 남는 일이었고, 보수적인 부모님이 접근하기에도 너무 쉬운 매체였다. 로그인하고, 성인인증을 해야만 열 수 있는 개인 홈페이지에 일본어로 된 19금 만화의 ISBN 뒤 네 자리를 입력해 열 수 있는 게시글로 올리는 편이 훨씬 마음이 놓였다. 그렇게 이력을 쌓고 나자, 나는 그 업계에서 일명 네임드로 통했다. 마치 광신도들이 모인 집단 안에서 그림과 글만으로 연예인 버금가는 인기를 누릴 수 있었다.

하지만 그 시간은 그리 길지 않았다. 내가 즐겨보던 팬픽 속 아이돌들은 어느새 감히 닿을 수 없는 신과 같은 존재에서 친근한 동네 오빠로 점차 내려오고 있었다. 소속사와의 계약 만료로 그들은 뿔뿔이 흩어졌다. '5-1=0'이라는 바보스러운 감성 놀음도 어른들의 계약과 돈 앞에서는 무용지물이었다. 조금 더 시간이 흐르자 그들은 성범죄나 음주운전, 마약 따위에 얽혀 반짝반짝 빛나던 옛 모습을 잃어갔고 연예면보다는 사회면에 얼굴을 더 자주 비췄다. 그 시절 내가 좋아했던 오빠들이 하나같이 다 초라한 인간이 되었다. 나는 그때부터 더는 현실 세계의 인간을 좋아하지 않게 되었다.

부모의 성화로 성미에도 맞지 않는 무역학과를 가서도 늘 딴생각이었다. 해상물품운송법을 배울 땐 해적선의 선장과 시골 어촌의 순박한 어부의 로맨스를 그렸고, 계량 분석 시간에는 무역회사에서 벌어지는 상사와 부하직원의 오피스 로맨스를 떠올렸다. 물론 그 대상은 모두 남자들이었다. 현실 세계에서는 볼 수 없는 아름다운 얼굴과 유려한 몸을 가진 이들이었다.

물론 현실에서 남자를 만나보지 않은 것은 아니었다. 첫 연애는 작은 무역회사에 다니면서 처음으로 번 돈으로 웹툰학원에 다닐 때였다. 그때 나는 눈치 없는 신입사원을 자처하며 여섯 시만 되면 칼퇴근해 마포에 있는 웹툰학원으로 달려갔다. 생각해 보면 인생에서 몇 안 되는 생기 있는 순간 중 하나였다. 매번 수업에 아슬아슬하게 도착하는 내 자리는 늘 제일

뒷자리였다. 어떻게든 앞자리를 피하려고 애썼던 대학수업과는 달리 웹툰학원의 수업은 앞자리부터 빽빽하게 들어찼다. 그때는 그마저도 좋았다. 이 공간에 있는 사람들이 다들 무언가 하고 싶어서 이 자리에 와있다는 것이. 살면서 처음 느껴보는 열정에 덩달아 고무됐었다.

"그거 이렇게 하는 게 아니라 이렇게 하는 거예요."

하지만 열정과 실력은 비례하지 않았다. 회사와 학원을 병행하던 나는 늘 진도를 따라가기 바빴다. 옆자리에 앉은 승훈은 꽤 과묵한 사람이었지만 늘 남들보다 한 템포씩 느린 내 작업을 도와주었다. 어떤 땐 나를 돕느라 그의 작업 창이 첫 레이어 이후로 텅 비어 있을 때도 있었다. 처음으로 가진 학원 회식 자리에서 그가 입시 미술학원에서 강사로 아르바이트하고 있으며 이미 인기 없는 무협만화를 한번 출간해 본 사람이라는 것을 알았다.

"먹고 살다 보니까 손이 굳어서요. 장르를 좀 바꿔보고 싶기도 하고요."

"어떤 장르요?"

"로맨스죠 당연히. 현진 씨는 장르가 뭐예요? 기기 다루는 게 서툴러서 그렇지. 처음 그리는 건 아닌 것 같던데."

"저도 비슷해요. 여성향 로맨스…."

여성향 만화를 그리는 반에서 그는 유일한 남자였다. 직업

적인 이유 때문인지 그는 자주 나를 가르치려 들긴 했지만, 콩깍지가 씌었던 그때는 그가 꽤 괜찮은 사람이라 생각했다. 디자인 전공이라 옷을 꽤 깔끔하게 입었고, 남자치고는 외모에 관심이 많은 편이라 보기 좋았다. 내가 그리던 만화 속 남자들과 얼추 비슷한 모양새를 하고 있어서 더 끌렸는지도 몰랐다. 게다가 그는 여성향 장르를 하려는 몇 안 되는 남자이기도 했다. 나는 단숨에 그와의 미래를 생각했다. 서로의 작업물을 봐주고 같이 상의하며 작업실을 나누는 모습. 그러다 배가 고프면 같이 파스타를 해 먹거나 간단하게 시켜 먹고 산책을 다녀오고. 같이 한 침대에 누워 자는 것까지. 통성명하고 몇 마디 대화를 나눴을 뿐인데 나는 그와 사귀는 사이가 될 것 같다고 직감했다. 그리고 그 직감은 머지않아 현실이 되었다.

 그 무렵 각종 포털사이트는 괜찮은 신인 작가들 잡기에 혈안이 되어있었다. 나의 데뷔는 우연한 기회에 이루어졌다. 습작으로 그린 작품이 공모전에서 대상을 받았다. 실력이 부족했으나 운이 많이 작용하기도 했다. 지금은 너무도 유명해진 그 공모전이 그때는 그다지 유명하지 않았고, 지원자도 많이 없었기 때문이었다. 특히 BL장르는 필명이 아니라 실명을 밝혀야 한다는 그 공모전의 특성 때문에 더욱 지원자가 적었다. 이미 자리를 잡은 기성 작가들은 그런 리스크를 감수하면서 공모전에 지원하려 하지 않았다. 덕분에 그 해 60명이 넘는 학원생 중에 당선된 것은 나밖에 없었다. 모두가 의아하다는 눈빛을 보냈지만, 승훈만큼은 달랐다.

"당선될 만했어. 확실히 네 작품이 눈에 띄더라. 조회 수도 제일 높았잖아."

"네가 계속 더블클릭한 건 아니고?"

"어, 그런가."

승훈은 그 말을 하며 얼굴을 붉혔다. BL만화 속 처음 시작하는 연인들처럼. 나는 발갛게 익은 그의 귓불을 보고 그 표현들이 완전히 거짓이나 판타지는 아니었다며 진심으로 기뻐했다. 하지만 그건 경험 없던 내가 만들어낸 허상에 불과했다. 사귄 지 1년하고도 2개월이 지났을 때, 그가 따져 물었다.

"야, 이거 진짜 네가 그린 작품 맞아?"

그가 내민 것은 공모전에도 냈었던 작품이었다. '짭조름한 사랑' 해적선의 선장과 어부가 사랑에 빠지는 이야기였다. 수위를 조절하느라 초기 설정과 많이 달라지긴 했지만, 그림체는 여전히 내 것이었다. 그는 그 작품을 마치 처음 본다는 듯이 화를 냈다. 나는 그가 화를 내는 이유를 몰랐다. 후에 알게 되었지만, 그는 그저 잘 보이기 위해 작품을 본 척했을 뿐. BL만화라고는 접해본 적도 없는 남자였다. 그는 사실 만화가 돈이 된다기에 뛰어들었지만, 무협을 빼고는 다 그저 그런 쓰레기라 생각하고 있었다.

"경험 없다며, 내가 첫 연애라며."

"맞아. 근데 그게 왜?"

그는 왜 화가 났던 것일까. 연애가 처음이라 했던 내가 저보다 한 뼘은 더 큰 성기를 가진 구릿빛 근육의 남자들을 그려대서? 하지만 내가 그리는 것은 현실의 남자나 현실의 연애가 아니었다. 그것은 그저 판타지일 뿐이었다. 뿔이 달린 말이나, 날개가 달린 고양이 같은.

"우리 다시 생각하자. 네가 이딴 저질 만화나 그리는 앤 줄 몰랐어."

그의 손에선 그 '저질 만화'를 팔아서 번 돈으로 선물해준 크롬하츠의 신상 반지가 반짝거리고 있었다. 저질이라는 단어가 그토록 비참하게 느껴진 것은 처음이었다. 지금 생각해 보면 내 작품 중 '짭조름한 사랑'은 가벼운 순정만화에 가까운 이야기였다.

그러나 내가 더는 헤테로 로맨스를 믿지 않게 된 것은 그날의 굴욕스러운 이별 때문만은 아니었다. 그로부터 석 달 뒤 승훈은 다시금 연락을 해왔다. 다시 사귀거나 만나자는 말은 아니었다. 뜻밖에 그는 시시한 연애 놀음 대신 공동작업을 제안했다. 장황하게 자신의 포부를 말하며 나를 어두운 음지에서 꺼내어 주겠다는 식으로 말했지만, 요지는 BL만화 대신 자신과 함께 19금 로맨스 만화를 그려보지 않겠냐는 것이었다.

"난 여자 몸을 잘 그리고, 넌 남자 몸을 잘 그리니까. 옷 입은 걸 잘 그리는 놈은 많지만, 제대로 인체도를 그리는 사람은 드물거든."

그의 말이 틀린 말은 아니었다. 사람들의 인식과는 별개로 헐벗은 인체는 옷을 입은 인체보다 훨씬 그리기 힘들었다. 게다가 그걸 돈을 주고 결제하게끔 만드는 힘을 가진 그림체 역시 흔한 기술은 아니었다. 나는 그 두 가지를 꽤 잘하는 사람이었다. 하지만 승훈과 함께 작업하고 싶지 않았다. 그는 결국 BL을 빨갱이나 사탄처럼 여기는 부모님과 조금도 다른 시각을 갖고 있지 않았다. 나는 의식적으로 그가 그리는 커다란 가슴과 자신이 그리는 커다란 생식기는 엄연히 다른 장르라고 선을 그었다. 그가 그리는 건 저질 만화에 가까웠지만 내가 그리는 건 일종의 저항정신이라고. 현실의 남자를 거부하는 숭고한 행위라고 자위하면서. 이제 와 그런 의미부여가 무슨 소용이겠냐만은, 그래도 승훈을 통해 나는 살아있는 동안 내 만화 속 인물 같은 남자는 절대 만날 수 없으리란 걸 알 수 있었다.

'내가 널 양지로 끌어주는 거라니까?'

승훈과의 대화가 끝나자마자 나는 구역질을 참을 수 없어 화장실로 달려갔다. 더 이상 나올 게 없을 때까지 구토를 했다. 장기가 튀어나올 것 같았다. 할 수 있다면 내 안의 것들을 모두 꺼내어 물에 씻고 싶었다. 저런 놈과 가장 여린 살을 부대끼며 연애를 했다니. 정작 역겨운 것들은 따로 있는데, 세상 사람들은 애먼 곳에 손가락질을 하곤 한다.

*

그때, 메신저가 움직였다. 나는 그제야 과거의 상념에서 벗어났다. 오른쪽 모니터로 눈길을 돌렸다. 담당자와 수정작업을 하기 위해 늘 메신저를 오른쪽 화면 상단에 띄워놓곤 했다. 무음으로 돌려놓은 담당자의 채팅창은 99개가 넘는 메시지가 쌓여있었다. 안 봐도 내용을 알 것 같은 채팅창 대신, 나는 방금 온 민지의 채팅창을 빤히 쳐다보았다.

'우리 결혼합니다!'

메시지를 열어볼 수 없으니 내용을 미리보기 화면으로 추측할 수밖에 없었다. 프로필 사진에는 하얀 드레스를 입고 환하게 웃고 있는 민지의 모습이 걸려있었다. 내용은 보나 마나 뻔했다. 모바일 청첩장이었다. 평소라면 짜증이 났을 메시지가 이토록 반가울 때가, 축의금을 달라는 메시지라도 좋으니 뭐라도 제발 누를 수 있다면. 연신 버티컬 마우스를 움직여보고 핸드폰을 향해 손을 저었지만, 내 손은 살갗처럼 익숙했던 그 물체들을 그대로 통과해 지나쳤다. 대부분이 그렇듯 죽어

보기 전까지 죽음에 대해 아무것도 몰랐다. 그저 사람의 숨이 끊어지고 심장이 멈출 때, 그때가 죽음을 맞이하는 찰나의 순간이라 생각했다. 하지만 죽고 나서도 죽음은 계속 이어졌다.

민지는 소꿉놀이를 할 때부터 함께 자란 친구였다. 소꿉놀이에서 민지는 늘 그 가정에서 키우는 강아지 흰둥이였고, 뒤늦게 아버지의 근무지를 바꾸며 전학을 온 나는 고양이 나비였다. 모두가 엄마, 아빠, 아이들로 이루어진 가정을 꿈꾸던 그 기이한 놀이에서 거의 두 사람만 유일하게 1인 가구의 형태로 상황극을 하는 셈이었다. 그들의 놀이에 끼어있긴 했지만, 수가 틀리면 밖으로 나가 본인의 집을 차려도 아무도 관심이 없는 고양이와 개. 그것이 민지와 나를 이어주는 유대관계였다.

하지만 고양이 역할을 꽤 마음에 들어 했던 나와 달리 민지는 늘 엄마, 아빠, 아이들이 있는 가정에 끼고 싶어 했다. 별로 화목하지 못한 환경에서 자란 것은 둘 다 마찬가지였지만, 민지의 아버지는 일찍이 사별하고 애인을 바꿔댔다. 민지는 늘 바뀌는 엄마 후보들을 보면서 만약 커서 자신의 가정이 생기면, 죽지도 않고, 헤어지지도 않고 반드시 지킬 것이라 다짐했다. 그 말에 나는 부부가 붙어산다고 모두가 좋은 것은 아니라고 답했다. 하지만 민지는 매일을 싸우는 내 부모조차도 부러워했다. 어차피 인간은 자신이 가지지 못한 것들을 탐하기에 나는 민지를 그냥 내버려 두었다.

 민지에게 답장하고 싶었다. '미안하게도 네 결혼식은 갈 수 없을 것 같다. 사실 내가 죽었거든.' 하지만 그것은 어차피 무용한 헛손질이었다. 나는 죽은 육신 위에 철퍼덕 앉았다. 앉을 곳은 많았지만, 왠지 그 자리를 떠나면 안 될 것 같은 압박감 때문이었다. 의자에 앉은 것인지 내 몸 위에 앉은 것인지 알 수 없었다. 중력을 받지 않으니 몸이 둥둥 떠오르는 듯한 기분도 들었다. 큰맘 먹고 351만 원짜리 의자를 처음 샀을 때랑 비슷한 기분이었다.

 다른 친구들은 결혼식 한 시간에 수천씩을 쓰기도 하니까. 10년 넘게 앉을 의자에 몇 백씩 쓰는 건 그리 큰돈이 아니라고 자신을 다독여 산 물건이었다. 의자는 채 2년을 앉지 못했다. 이제 내 시신은 어느새 파랗다 못해 거무튀튀한 색으로 변해가고 있었다. 살짝 벌어진 입술 사이로 흘러내리는 타액. 살아있었다면 아마 침이었겠지만 지금은 그 정체를 뭐라 평가할 수 없는 끈적한 액체가 입에서 흘러나와 무접점 키보드의 틈새로 흘러 들어갔다.

 책상 위에 있는 것들은 모두 내가 살아생전 애착을 가진 것들이었다. 혹시나 나중에 팔이나 다리 한쪽을 못 쓰게 된다면, 나는 기꺼이 그들을 몸에 이식하면 좋겠다고 생각했다. 첫 공모전 상금으로 제일 처음 산 것은 꽤 괜찮은 씬티크 모니터였다. 그 뒤엔 버티컬 마우스와 데스크톱, 졸릴 때 서서 일하기 위해 모션 데스크 순서로 장비를 사 모았다. 그 뒤론 한 분기가 채 지나지 않아 장비들을 바꿔댔다. 그들을 다 합치면 집을 도망치듯 뛰쳐나올 때 마련한 오피스텔 보증금을 웃도는 돈이었다.

그중에서도 가장 아끼는 것을 고르라면 단연코 무접점 키보드였다. 사실 소설가가 아닌 이상에야 키보드에 이렇게 비싼 돈을 들일 이유는 없었다. 그래서 더 소중하게 여겨졌다. 내게 키보드는 그저 사치품이었다. 샤넬 백이나 구찌 신발처럼. 없어도 죽거나 아프지 않는 것을 사들인 최초의 기억이었다.

아버지는 구멍이 난 양말을 기워 입고, 종이상자 하나조차 이면지로 쓰는 게 당연한 구두쇠였다. 그 시절 공무원 월급으로 자식을 키우려니 어쩔 수 없었겠지만, 돈도 써 본 놈이 써 본다고 제대로 돈을 써본 기억이 없던 나는 집을 나와 살면서 몸에 밴 절약 정신이 오히려 삶에 별로 도움이 되지 않는다는 걸 깨달았다. 생각해보면 독립을 하고 나서부터는 계속 미련한 날들의 연속이었다. 더 싼 걸 찾다가 결국엔 수리비로 돈을 더 쓰거나, 결국 몇 달 가지 못해 원래 사려던 제품을 사곤 했다.

아직도 가장 후회되는 것은 1인 가구 맞춤형이라는 소리에 말도 안 되게 작은 다리미를 샀던 일이다. 혼자 산다고 옷 크기가 아동용으로 작아지는 것도 아닌데, 그저 집이 좁으니 작은 게 좋을 거라는 짧은 생각이었다. 그걸 사고 한 번도 제대로 써보지 못했다. 플러그를 꽂을 때마다 탄내가 작은 방을 가득 채우는데 앞머리를 마는 미니 고데기만도 못한 수준이었다. 그 뒤로 그냥 옷을 구겨 입고 다니거나 구김이 덜한 옷을 입고 다녔다. 죽을 때 입고 있던 잠옷조차도 꾸깃꾸깃 구겨져 안 그래도 불쌍한 처지를 배는 더 불쌍해 보이게 만들었다.

이게 다 아버지 때문이야. 목 늘어난 티셔츠를 다려봤자 큰 차이가 없다는 걸 알지만 나는 괜히 아버지를 원망했다. 하도 빨아서 기름기가 다 빠져버린 곰돌이 수면 잠옷과 민지의 웨딩드레스가 비교되었다. 이럴 줄 알았으면 매일 출근하듯 옷이라도 갈아입고 자리에 앉을걸, 민지의 결혼식만큼은 꼭 직접 가보고 싶었다. 물론, 그때 알던 민지와 지금의 민지는 많이 다르다는 걸 안다. 어느 정도 나이가 들자, 민지는 다른 친구들과 마찬가지로 마치 짜인 각본처럼 나를 걱정했다. 사실 그 말에 내포된 의미가 걱정이 아니라 조롱에 가깝다는 것을 모르지 않았다.

"요즘에도 그거 그려?"

그들은 내가 그리는 그림을 BL이라 부르지 못하고, 만화라고도 부르지 않았다. 분명히 이름이 있는데도 어딜 가나 대명

사로 지칭 당하는 꼴이 마치 홍길동 같았다. 주류의 로맨스가 있다면, BL은 그들과 닮았지만, 또 어딘가 으슥한 구석이 있으니 로맨스의 서자 취급을 당하는 것도 이해는 갔다. 정작 나 스스로조차도 그리고 있던 마지막 작품을 숨기기 위해 이렇게 안달이 되어있으니, BL이 사람이라면 내게 몹시 서운함을 느낄 것 같았다. 그래도, 멋진 대사도 아름다운 장면도 많은데. 굳이 하필이면 크리스마스 특별판 외전이라니. 차라리 하얀 턱시도를 입은 결혼식 장면을 그릴걸. 나는 마치 자식들을 결혼시키지 못하고 죽음을 맞은 노인처럼, 완결되지 못한 작품을 걱정했다.

그리곤 허공에 뿌려댔던 축의금을 떠올렸다. 혹시나 결혼하게 될지도 모른다는 생각 때문은 아니었다. 그저 인간의 도리를 하고 싶었을 뿐, 요 몇 년간은 친구들의 결혼이 많았다. 나는 그럴 때마다 참석 대신 축의금을 보냈다. 유행하는 결혼식 하객룩을 살 돈을 조금 더 넣어 다른 친구들보다 더 많은 금액을 냈다.

그나마 다행이었다. 장례식이 아예 텅 비지는 않을 테니. 친구들이 축의금은 받고 조의금은 돌려주지 않는 무뢰한들이 아닐 것으로 생각했다. 어쩌면 민지는 오지 않을지도 몰랐다. 축의금도 받지 못했고, 결혼식을 앞두고 있으니 장례식에 오기 껄끄러울 수도 있었다. 완벽한 가정을 만들고 싶어 하는 이였으니 머리로는 이해가 가지만 서운한 기분은 어쩔 수 없었다. SNS에는 안 올렸으면 좋겠다. 딱히 친한 사이도 아닌 이들에게까지 죽음을 알리고 싶지 않았다. 그 대신 출판사에서는 공지를 해주면 좋겠다고 생각했다. 작가가 죽은 줄 모르고 독자들은 다음 화를 기다릴 것이다. 기약 없는 휴재에 욕을 하고 돌을 던져 가면서. 차라리 휴재하고 좀 쉴걸. 그랬다면 죽지 않았을까. 인간 이현진과 작가 이현진의 죽음은 너무도 달랐다. 혹시나 숨어서 보고 있던 독자가 우연히 장례식에 올 확률이 있을까.

나는 장례식을 지키고 서 있을 부모님의 모습을 떠올렸다. 쓸쓸하고 외로운 모양새였다. 그래도 그린 작품이 몇 갠데. 내 작품의 캐릭터들을 모아 등신대라도 세워두면 어떨까 고민했다. 좀 우습게 느껴졌지만, 화환보다는 든든할 것 같기도 했다. 따지고 보면 부모님보다는 그들이 상주 완장을 차는 게 더 어울렸다. 캐릭터들은 내 자식이나 다름없었다. 저작권은 사후 70년이니까 아마 그들이 부모님의 노후까지 책임져 줄 것이다. 내가 이제껏 만화를 팔아 번 돈이 얼만지 알면, 아버지는 그들을 호적에 넣으려고 할지도 몰랐다.

죽음을 기다리는 일은 지루했다. 바깥에 발걸음 소리가 들릴 때마다 현관으로 나갔다. 하지만 그들은 모두 옆집이나 앞집의 방문자들이었다. 방 안의 물건은 모두 나를 스쳐 지나갔지만, 현관문만큼은 굳게 나를 막아섰다. 드라마나 영화에서 보면 문이나 벽도 잘만 통과하던데. 나는 봉인된 잡귀처럼 오피스텔을 떠나지 못하고 있었다. 왜 대부분 사람이 병원에서 죽음을 맞이하는지 알 것 같았다. 그곳은 사람이 많고, 한 명이 가면 또 다른 누군가를 받기 위해 얼른 자리를 정리해야 했다.

*

그렇게 며칠이 지나고, 햇빛이 잘 드는 책상 위로 햇살과 어둠이 번갈아 가며 나의 육신을 잘도 부패시키고 있을 때, 드디어 현관 앞에도 시끄러운 사람들의 목소리가 들렸다.

"아니, 아무래도 좀 이상해서요. 저희 작가님이 마감은 자주 늦으시지만 이렇게까지 잠수를 타는 분은 아니거든요?"

매니지먼트를 담당하는 슬기의 목소리였다. 그녀는 꼼꼼한 듯 허술한 사람이었다. 실수가 잦긴 하지만, 그녀가 가진 특유의 사랑스러운 분위기 덕분일까. 그녀를 아는 모든 사람은 그녀를 예뻐했다. 나도 그들 중 하나였다. 현관문의 나사를 푸는 드릴 소음 사이로 슬기는 연신 자신이 이 현관문을 따야만 하는 이유를 설명했다. 나는 어색한 상황에서 모르는 사람에게도 쓸데없는 말을 자주 늘어놓던 그녀의 습관이 눈물 나게 반가웠다. 의자를 벗어나지 않던 나는 어느 순간부터 현관에만 앉아 누군가를 기다렸다. 형체도 없이 썩어 들어가는 내 육신을 눈 뜨고 볼 자신이 없었기 때문이었다. 살아생전 아끼고 아끼던, 내가 살면서 쌓아 올린 물건들에 살점이 떨어지고 악취를 풍기는 액체들이 흐르는 걸 보고 있자니 몸이 타들어 가는 고통이 느껴졌다.

덜컥, 내가 아무리 긁어도 소용없던 현관문이 열리는 소리가 났다. 살짝 뜯긴 문 틈새로 신선한 공기가 들어왔다. 사실 오피스텔은 복도형이었고, 겨울엔 동파, 여름엔 미세먼지 때문에 창문을 닫고 있었으니 신선한 공기가 들어올 리 없었다. 하지만 시원한 바람이 불어옴을 느꼈다. 최소한 내 시체가 썩어 들어가는 냄새보다는. 으악, 슬기의 필터링 없는 비명이 들렸다. 몇 날 며칠 썩어 들어간 시체 냄새 때문이리라. 슬기와 함께 온 지구대 경찰관과 열쇠 수리공은 참담한 표정이었다. 약간의 냄새만 맡아도, 아니 사실 문을 따는 순간부터 그들은 이런 상황을 예측했을 것이다. 이 외롭고 고독한 죽음에 익숙하지 않은 것은 슬기와 나뿐이었다.

슬기는 시체를 보고 구역질인지 울음인지 모를 것을 꿀렁거리며 뛰쳐나갔다. 경찰이 사진을 찍고, 열쇠공이 돌아가는 동안 바들바들 떨며 오피스텔 복도를 코를 막고 배회하던 슬기는 핸드폰을 들고 바쁘게 어디론가 전화를 걸었다. 여보세요, 편집장님 전데요. 슬기의 목소리는 염소처럼 떨리고 있었다. 슬기가 전화를 건 편집장은 원래 처음으로 만난 담당자였다. 그가 신임 담당자에서 편집장으로 올라가는 동안, 수많은 담당자가 스쳐 지나갔다. 누군가는 출산으로 그만두고, 누군가는 과로로 그만두고, 누군가는 10년이 지나도 변하지 않는 업계에 환멸을 느끼며 그만두고. 결국 가장 마지막까지 살아남는 것은 강한 자가 아니라 버티는 자였다.

"현진 작가님이 돌아가셨어요."

슬기의 말에 나는 몸이 조금 더 투명해진 것을 느꼈다. 투명도 80에서 투명도 50으로. 아, 죽음은 내가 사랑했던 이들이 알게 되는 순간 시작되는 거구나. 답답한 방안에서 썩어 들어가는 것보단 훨씬 상쾌한 결말이었다. 안 그래도 사랑스러운 슬기가 조금은 더 고맙게 느껴졌다. 네, 네. 슬기는 몇 번의 대답을 한 뒤 대단한 결심을 한 것처럼 오피스텔로 돌아왔다. 나는 그녀를 졸졸 따라 들어왔다. 이 공간에 나를 아는 사람이 한 명 더 있다는 것만으로도 용기가 났다. 사진을 찍고 현장보존을 위해 폴리스 라인을 친 경찰들 사이로 움직이면서도 그녀는 울고 있었다. 나는 두 작품을 병행하던 시기, 농담처럼 슬기에게 했던 말을 떠올렸다.

"담당자님, 저 진짜 작업하다 죽을 뻔했어요. 이러다 죽으면 억울해서 어떡한대? 혹시 나 고독사하면 담당자님이 내 컴퓨터 포맷해 주기."

 그때 슬기는 뭐라고 답했더라. 스쳐 가듯 한 말이라 잘 생각이 나지 않았다. 어쨌든 마지막을 수습하는 사람이 담당자라니. '역시, 내가 사랑한 것들 중 마지막까지 날 배신하지 않은 것은 결국 작품뿐이었어.' 그렇게 감상에 빠져있을 때였다. 슬기는 전설의 마검을 뽑아 드는 사람처럼 나의 육신에 다가섰다. 그러더니 크게 숨을 내쉬곤 이미 해골이 되어버린 나의 얼굴로 손을 갖다 댔다. 뭘 하려는 걸까. 나는 물론 현장을 통제해야 할 경찰들마저도 궁금한 듯 멍하니 슬기를 바랐다. 슬기의 손가락은 내 콧잔등을 지나쳐 두 지점에 다다랐다. Ctrl, S. 이제야 생각났다. 슬기가 뭐라고 답했는지.

 "포맷하면 안 되죠. 유작으로 남겨야죠. 그동안 작가님이 쓰신 작품이랑 마지막까지 작업하던 그것까지 모아서 기획전으로 낼 거예요. 와 우리 편집장님 좋아하시겠다."

 완전 자본주의가 낳은 괴물이네. 나는 우스갯소리로 답했다. 진짜 그 말이 씨가 될지도 모르고. 아마 조금 전 나눈 편집장과의 통화는 그런 내용이었을 테지. 그때까지 책상에 엎어져 있던 나의 머리가 투둑 하고 키보드 위로 떨어졌다.

 현장 훼손하시면 안 돼요. 경찰들은 뒤늦은 통제를 했고, 슬기는 꺅 소리를 지르곤 오피스텔을 뛰쳐나갔다. 지구대 경찰들과 구급대, 국과수가 왔다 갔다 하더니 그들은 내 육신을 들

것에 들고 날랐다. 냄새나는 육신을 따라가야 하는 건가. 나는 그 순간 길을 잃었다. 이제 어디로 가야 하냐고 그들에게 묻고 싶었다. 드라마나 영화를 보면 저승사자가 와서 데려가기도 하던데, 아무도 나를 데리러 오지 않았다. 나는 또다시 혼자가 되었다. 이제 피부는 거의 20퍼센트 정도로 투명해졌다. 내 존재는 거의 뒷면이 다 비치는 기름종이처럼 변했다. 마지막으로 남긴 그림을 장례식장에 오는 사람들에게 보여주면 다들 어떤 표정을 지을까. 부모님께 기획전을 허락받는 슬기와 편집장의 모습을 떠올렸다. 과연 그들이 허락해 줄까. 아버지는 금액을 보면 마음이 달라질지도 몰랐다. 아니 엄마만큼은 그런 일은 있어선 안 된다며 기도할지도 몰랐다. 슬기와 편집장이 다 같이 그 교회의 계도 캠프에 끌려가는 건 아닐까. 닳고 닳은 어른들이 그런 곳에 들어가도 되나. 나는 뒷이야기가 몹시도 궁금했지만, 더는 그들을 볼 수 없으리란 걸 알았다. 나의 영혼이 완전히 투명해져 공기 중에 흩어지고 있었다.

사랑하지 않을 이유

요안나

로맨스 웹소설 작가. 네이버, 카카오페이지, 리디를 오가며 10년 동안 로맨스 장르 소설을 써왔다. 대표작 〈순수하지 않은 감각〉, 〈채집은 은밀하게〉, 〈바람이 젖은 방향〉 등이 있다. 2023년 부산국제영화제 ACFM에서 〈추격의 미덕〉이 올해의 한국 IP로 선정되었다. 현재 중앙대 문예창작학과 겸임 교수로 재직 중이며, 서울예대 문예학부에도 출강한다.

그날따라 맛있는 게 먹고 싶었어. 매일 혼자 먹는 저녁에 질려있었거든. 혼자 있는 게 세상에서 가장 편한데도, 그날만큼은 혼자 있고 싶지 않았어. 기억하지? 박 부장 말이야. 박 부장이 그날 퇴근하는 내 뒤통수에 대고 그러는 거야.

"김승은 대리는 출퇴근만 칼같이 잘하네?"

출퇴근 빼고 다른 건 다 잘하는 게 없다는 뜻으로 들려서 내가 너무 억울했다고 너한테도 말했었잖아. 그때 네가 그 말을 듣고 뭐라고 했는지 알아?

"출퇴근 잘하는 게 전부 아닌가요? 회사원이 뭘 더 잘해야 해요?"

나는 젓가락으로 돈가스 한 조각을 집다가 말고 피식 웃고 말았어. 그 웃음이 얼마 만이었는지 아마 넌 모를 거야…. 나는 네 앞에서만 잘 웃는 사람이었으니까.

우리는 그날, 내가 박 부장에게 욕을 먹었던 날, 그래서 아주 맛있는 게 먹고 싶었던 날, 오피스텔 상가 돈가스집에서 처음 만났어. 혹시 그날 기억해? 나는 하나도 빼놓지 않고 다 기억나. 너하고 연관된 일은 뭐든 다 그래.

나는 오렌지빛 실내조명이 새어 나오는 돈가스집 앞에서 머뭇거리고 있었어. 알잖아. 나 식당에서 혼자 밥 못 먹는 소심한 사람인 거. 허허벌판에 세워진 신축 오피스텔에 유일하게 생긴 맛집이라 시끄럽게 떠드는 사람들 속에서 혼자 돈가스를 씹고 앉아 있을 용기가 나지 않았거든. 시끄러운 건 싫어하기도 하고.

그런데 마침 가게 유리창하고 붙어있는 바 테이블 자리가 딱 하나 비어있더라고. 바 테이블에 앉은 사람들은 신도시 호수의 야경이 내다보이는 바깥 풍경에는 전혀 관심이 없다는 듯 하나같이 핸드폰만 들여다보고 있었어. 나도 저렇게 하면 되겠다 싶어서 가게 안으로 들어갔어.

돈가스 가게의 메뉴는 딱 세 가지였어. 돈가스, 비빔면, 온면. 기름진 돈가스의 고소한 냄새가 가게 안에 가득했는데, 새콤달콤한 비빔면이랑 같이 먹으면 너무 맛있겠다는 생각이 드는 거야. 하나만 시켜도 다 못 먹을 텐데, 두 개나 시켜서 어쩌려고….

메뉴 두 개를 시킨다는 건 음식물 쓰레기로 인한 환경 문제를 야기하고, 경제적인 측면에서는 사치이며, 지금 아프리카에서는 굶고 있는 아이들이 얼마나 많은데…. 이쯤 생각했을 때, 직원이 옆자리를 행주로 열심히 닦는가 싶더라. 그 자리에 새 손님이 앉은 거야.

고소한 기름 냄새 속에서 갑자기 향긋한 섬유유연제 향이 피어났어. 코끝을 묻고 마구 비비고 싶은 포근한 향 말이야. 단출한 메뉴를 가지고서 다소 거시적인 고민을 하던 나는 순간 또 다른 현실로 이끌린 사람처럼 고개를 옆으로 돌렸어.

그 자리에 네가 앉아 있었어. 막 씻고 나왔는지 머리카락은 반쯤 젖어있었고, 코끝에 난 점이 묘하게 시선을 집중하게 만들었어. 그래, 나는 홀린 듯이 너를 쳐다보고 있었어. 앉은 체고도 나보다 한참 높아서 나는 너를 그렇게 올려다봤지.

"돈가스도 먹고 싶고, 비빔면도 먹고 싶은데."

네가 왼손 검지로 아랫입술을 살살 문지르며 혼잣말을 중얼거렸어. 여러 번 말했지만, 나는 이제껏 살면서 그런 식으로 말을 걸어본 건 처음이었어.

"저랑 하나씩 시켜서 반씩 나눠 드실래요?"

네가 한쪽 눈썹을 치뜨면서 나를 돌아보았어. 네 눈동자 속에서 오렌지빛 조명을 받은 새가 깃털을 반짝이면서 날아다니는 것처럼 보였어. 처음으로 마주한 너의 뺨 언저리가 너무 매끈해서 나는 괜히 뺨을 붉혔고. 괜한 말을 해서 왜 난처한 상황을 만들었는지 스스로 당황스러워서 혀끝을 살짝 깨물었을 때였을 거야.

"그럴까요?"

너는 내가 무안하지 않도록 배려한 건지 편안한 눈웃음을 지어주었지. 예쁜 새의 촘촘한 날갯깃 같은 속눈썹이 나붓하게 휘었어. 나는 너의 그런 표정을 자주 보고 싶어 했었어. 그래서 네 마음에 드는 사람이 되려고 노력했던 것 같아.

"돈가스랑 비빔면 하나 주시고요. 죄송하지만, 비빔면은 나눠 먹을 건데 덜어 먹을 그릇 하나도 같이 주실 수 있을까요?"

너는 정중하게 물었고, 직원은 아예 비빔면을 두 그릇에 나눠서 갖다주겠다고 했지. 직원에게 정중하게 묻고 답하는 너의 모습이 나는 참 반듯하다고 생각했어. 너의 반듯한 이마와 우뚝 솟은 콧날처럼.

"달리 손님이 많은 게 아니었어요."

너는 싱긋 웃으며 나를 흘끗 보았어. 눈이 마주치는 순간에 심장이 아주 작게 콩 울린 듯했어. 나는 왜냐고 그 이유를 묻지도 못하고 너를 바라보기만 했지.

"음식 맛은 아직 모르겠지만, 직원이 정말 친절하잖아요. 고객한테 좋은 인상을 남기니까 재방문 횟수가 높아질 수밖에요."

너는 마치 시장 분석이라도 나온 사람처럼 말했어. 나는 그 모습에 홀려서 세상 멍청한 질문을 했지. 목소리를 한껏 낮춘 채로 말이야.

"혹시… 미스터리 쇼퍼 그런 건가요?"

네가 못 알아듣는 것 같아서 나는 미간까지 살짝 찌푸리며 굉장히 심각하게 덧붙였어.

"미슐랭 심사원 같은 거요."

터져 나오려는 웃음을 참으려는 듯 너의 고개가 움찔했어. 매끈했던 얼굴이 분홍빛으로 물드는 것도 동시였고.

"저 이런 일 해요."

네가 웃음기를 가득 머금은 떨리는 목소리로 속삭이며 명함 지갑에서 명함을 한 장 꺼내서는 테이블 위에 올렸지.

[나무 공예가, 윤지승]

나는 '우와'하고 작게 감탄하며 명함을 집어 들었던 것 같아. 아니, 조금 크게 놀랐던가?

"저는 이런 일 해요."

너의 어른스러운 말투를 따라 하며 나도 명함을 건넸어.

"되게 좋은 회사 다니시네요."

순간 나는 조금 우울해졌던 것 같아. 나무 공예를 하는 너의 일상을 그려보며, 나는 굉장히 멋지다는 생각을 했는데⋯ 너는 나에 대한 첫인상이 회사로 붙박인 듯해서.

돈가스와 비빔면이 서빙되고, 나는 습관처럼 음식 사진을 찍었어. 아주 그럴싸한 사진도 아니었고, 그저 기록을 위한 사진이었어.

"먹기 전에 음식 사진은 왜 찍어요?"

지나친 호기심이나 나무라는 기색이 담기지 않은 평이한 말투로 네가 물었어. 네 말투는 아주 오랫동안 사용해서 주인의 온기가 담긴 나무 의자처럼 편안했어. 그래서 나는 나에게 꼭 맞는 의자에 앉은 사람처럼 속엣말을 감추지 못했나 봐.

"매일 먹는 음식을 기록으로 남기거든요."

사실 나는 먹는 데 별로 취미가 없었어. 가끔은 종일 커피만 마시는 날도 있었고, 두유 하나로 한 끼를 때우기도 했었지. 그런데 회사 건강 검진에서 만난 의사가 그러는 거야.

"이렇게 살다가는 쉰도 되기 전에 죽어요."

아직 스물아홉밖에 되지 않았는데, 쉰도 되기 전에 죽는다는 말은 너무 끔찍하잖아. 먹는 걸 기록해 보라는 의사의 권유에 나는 비공개 인스타 계정을 하나 만들고 매일 음식 사진을 올렸어.

돈가스 접시가 반쯤 비었을 때 네가 물었어.

"기록은 주로 어디에 해요?"

"인스타요."

"나도 인스타 하는데."

내가 묻지도 않았는데 너는 핸드폰을 집어 들고 네 계정을 보여주었어. 따뜻한 갈색을 품은 나무 공예품이 피드에 가득했어. 팔로워도 무려 10만 명이 넘어서 깜짝 놀랐지, 뭐야.

"와, 이거 직접 만드신 거예요?"

분명 딱딱한 나무 조각으로 만들었을 텐데, 너의 피드 안에 보이는 고양이 조각은 꼭 살아 숨 쉬는 생명체처럼 보였어.

"나무가 이래요. 생명력을 품고 있거든요."

너는 내 속을 읽은 듯이 말했어. 항상 그랬던 것 같아. 너는 내 표정을 보고, 눈짓을 알아차리고, 침묵을 느끼고, 내가 원하는 답을 해주곤 했었어.

그날 이후 사흘쯤 지났을 때였을 거야. 퇴근 직전 낯선 계정으로 팔로우 요청이 왔더라고. 팔로워가 하나도 없는 공계정인 거야. 평소처럼 무시하려는데, 프로필 메시지를 발견하고는 피식 웃었어.

[돈가스와 비빔면]

네가 새로 만든 계정이라는 걸 나는 단박에 알아차렸지. 팔로우 승인을 하자마자 DM이 왔어.

— 오늘 저녁은 어떻게 할 거예요?

오후 네 시쯤 탕비실에서 곡물 과자 하나를 까먹어서 속이 더부룩했거든. 근데 네 DM을 보는 순간, 갑자기 없던 식욕이 되살아나더라.

— 아직 못 정했어요.

 답을 보내기가 무섭게 네가 피드 하나를 공유했어. 오피스텔에서 20분 거리에 있는 계곡 맛집이었어. 계곡물이 꽁꽁 얼어붙을 정도로 수은주가 갑자기 뚝 떨어진 날이었는데, 어울리지 않게 무슨 계곡인가 싶었지.

— 여기 캠핑하는 것처럼 고기 구워 먹을 수 있대요.

 내 대답이 늦어지자, 네가 덧붙였어.

— 군고구마도 구워 먹을 수 있고요.

— 마시멜로도 구워 먹을 수 있대요.

 갈수록 너의 DM은 달콤한 것들을 늘어놓았지.

— 죄송한데, 제가 차가 없어요. 어떡하죠?

 내가 현실적인 질문을 던지자마자 핸드폰이 진동하기 시작했어. 평소라면 모르는 번호를 그냥 무시하고 말았을 거야.

 "여보세요?"

— 승은 씨, 맞죠? 내 차로 같이 가요. 어디로 데리러 갈까요?

 내가 있는 곳으로 데리러 오겠다는 말에 나는 가슴 한구석이 달아올라 버렸어. 누군가를 데리러 온다는 건 그 사람의 안전을 걱정하고 시간을 아껴주기 위한 배려잖아. 가난한 내 부모는 그럴 겨를이 없었고, 전 남친들은 다 차가 없었거든.

 "오피스텔 앞에서 만나요. 15분이면 도착해요."

 회사 통근 버스에서 내리는데, 버스 정류장 근처에서 비상

깜빡이를 켠 채로 서 있는 차 한 대가 눈에 들어왔어. 덩치가 아주 커다란 검은색 SUV였어. 신기하게도 나는 그 차가 네 차라는 걸 또 단박에 알아봤어.

조수석 창가로 다가가자 달칵, 하고 잠금쇠 풀리는 소리가 나더니 차창이 내려갔어. 운전석에 앉은 네가 싱긋 웃으며 말했어.

"타요. 7시에 예약해 놓았어요."

차 안에서는 흔한 방향제 냄새 대신 안온한 나무 내음이 풍겼어. 네모반듯한 모니터, 윙 소리를 내며 종일 열을 내는 PC, 어떻게 앉아도 불편한 사무용 의자, 은근히 일을 떠넘기는 동료, 박 부장의 가스라이팅. 지칠 대로 지쳤던 나는 동화 속에나 존재하는 숲속 한가운데 선 아이처럼 울음을 터뜨릴 뻔했어.

"하얀색이 좋아요, 무지개색이 좋아요?"

갑작스러운 너의 질문에 나는 눈을 휘둥그렇게 뜨고 운전석으로 눈길을 옮겼어.

"마시멜로는 우리가 사 가야 한대서. 일단 두 개 다 사기는 했는데…."

아무 이유도 없이 웃음이 터졌어. 너도 나를 따라서 웃었고.

"두 개 다 좋아요."

내가 건넨 대답에 너는 더 진하게 웃었어. 그 웃음이 매일 보고 싶다는 욕심이 나기 시작했어. 살면서 한 번도 이기적인 욕심을 부려본 적 없으니, 이번만큼은 그러고 싶다는 소심한 오기도 돋아났지.

그날 이후 우리는 매일 같이 저녁 밥을 먹었어. 꼭 메뉴를 두 가지씩 시켜서 나눠 먹곤 했다. 음식을 나눠 먹던 우리는 어느새 잠자리를 나누는 사이가 되었고.

"출근해야지. 일어나."

나지막하게 속삭이며 관자놀이에 입을 맞추는 네가 정말 좋았어. 너의 품에서 풍기는 나무 향도 무척이나 달콤했고. 나무에서 그렇게 감미로운 향이 날 수 있다는 것도 나는 평생 처음 알았어. 평생의 절반 이상을 나무 책상 앞에 앉아서 공부했는데도 말이야.

이사 온 지 1년이 다 되도록 단 한 번도 가본 적 없는 오피스텔 앞 호숫가 산책로도 너와 처음으로 가봤어. 함께 저녁 식사를 하고 1시간쯤 산책을 하고 오피스텔로 돌아오면 가슴 속에 따뜻한 온기가 찰랑거렸어. 몸도 마음도 건강해지는 기분이었어.

산책 덕분인지 밤에 한 번도 깨지 않고 잠을 자는 날도 늘었어. 날마다 새벽에 서너 번은 깨서 핸드폰을 하다가 다시 잠들곤 했었거든. 잠을 잘 자니까 개운하고, 개운하니까 마음이 한결 너그러워지더라. 박 부장이 아무리 지랄해도 아무렇지 않게 흘려들을 수 있을 만큼.

"나랑 왜 만나는지 그 이유를 말해줘."

나는 너와 함께했던 시간을 네 목소리로 듣는 게 좋았어. 우리의 첫 만남을 떠올리는 너의 장난스러운 얼굴이 좋았고, 엷은 웃음기를 머금고 나직하게 속삭이는 잔잔한 말투가 좋았어. 그럴 때마다 너의 눈동자 속에 있던 새가 내 가슴 속에서 날갯짓하는 것처럼 간질간질했어.

그러다 어느 날이었을까. 맞아, 창밖으로 겨울비가 세차게 내리는 날이었어. 창문을 두드리는 빗방울 소리가 불규칙적으로 울리는 내 심장 소리 같다고도 생각했지. 내 심장박동은 이렇게나 제멋대로인데, 너의 심장 소리는 두근두근, 일정하다고 느낀 찰나였어.

구구절절 우리의 과거를 되짚곤 하던 너는 아주 짧은 문장으로 나와 만나는 이유를 정의해 버렸어.

"너를 사랑하지 않을 이유가 없으니까."

항상 다정한 너였지만, '사랑'이라는 말을 입 밖으로 낸 건 그날이 처음이었어. 나는 침대 위에 누워서 네 가슴에 옆얼굴을 기대고 있었어. 두근두근 뛰는 너의 심장 소리에 귀를 기울이면서.

근데 사랑이라며? 어떻게 심장이 같은 박자로만 뛰어?

나는 고개를 들고 휘둥그레진 눈으로 너를 내려다보았어.

네가 왜 그런 얼굴을 하고 있냐는 듯이 나를 올려다보았어. 내 표정을 찰떡같이 읽고 답해주던 너였는데, 뭔가 께름칙했어. 네가 내 표정을 전혀 읽지 못하는 거야.

어떻게 사랑을 말하면서 아무렇지 않을 수가 있지?

나는 답을 구할 수 없는 의문에 휩싸여서 몇 날 며칠을 골몰했어. 만약 내가 너를 사랑한다고 고백했다면, 나는 머리카락까지 두근거릴 거라는 상상을 하면서 말이야. 너에게는 전혀 가슴 두근거리지 않던 고백이 나에게는 조금 충격이었어.

그리고 또 며칠이 지났을까. 외할머니가 돌아가셨어. 회사에 있는데 엄마가 울고불고 전화가 와서 당장에 외가댁이 있는 삼척으로 달려갔어. 너에게는 외할머니가 돌아가셨다는 짧은 메시지만 보냈던 것 같아.

엄마는 6남매 중 막내딸이었어. 위로 오빠만 줄줄이 다섯이었지. 막내딸이지만 그다지 큰 사랑을 받고 자란 것 같지는 않았어. 우리 엄마는 스무 살도 되기 전에 가출해서 동갑인 아빠를 만나 나를 가졌거든.

만삭이 되어 집으로 돌아갔을 때, 외할머니는 애를 떼지도 못하게 이 지경이 되어서 오면 어떡하냐고 울었다고 했어. 엄마는 마치 나의 탄생 설화 혹은 자신의 영웅담이라도 되는 것처럼 이 이야기를 떠들곤 했지만, 나는 내가 떼지 못해서 태어난 아이라는 자격지심이 생기고 말았지 뭐야.

그래서 한동안, 아니 성인이 되어서도 가끔 외할머니를 미워했어. 외할머니는 내가 당신 딸의 인생을 망친 존재라고 생각하는 것 같아서 나도 외할머니를 미워하자고 결심한 거지. 근데 외할머니가 돌아가시기 전에 나한테 유언이라면서 쪽지를 하나 남겼다는 거야.

'우리 승은이 없었으면 네 어미 못 살았다. 내 딸 살게 해줘서 고맙다. 할미가 미안하다.'

엄마는 나를 낳고 악착같이 살았어. 핸드폰 부품 공장 조립 알바부터 이삿짐 포장, 룸살롱 부엌일까지. 사실 아까 아빠라고 말한 사람은 내 얼굴도 몰라. 내가 두 살 때 군대에 갔는데, 제대하고 나서는 연락이 끊겼거든. 아무튼 엄마는 혼자 나를 키우느라 죽어라 일만 했어.

TV에서 육아 예능을 보면 말이야. 부모가 아이에게 동화책을 읽어주거나 함께 놀이하겠다고 거창한 무언가를 준비하곤 하잖아. 그런 걸 한 번도 겪어본 적 없는 나는 어른이 되어서도 세심한 부모와 즐겁게 노는 아이가 부러웠어. 언젠가 나는 침대에 비스듬히 기대 누워서 책을 보는 네 품 안으로 슬금슬금 기어들어 간 적 있었어, 기억나?

"모든 나무가 축제를 열고, 정원마다 활짝 꽃이 피었다."

나는 두 눈을 감은 채로 네가 읊어주는 헤세의 시에 귀를 기울였어. 눈꺼풀이 무거워지고, 숨소리가 무겁게 가라앉기 시작할 때쯤 네 입술이 내 입술 위로 살포시 내려앉았어. 순간 잠이 확 달아나면서 심장이 곧 터질 것처럼 날뛰었지. 이런 기분이었겠구나, 그 아이들은. 부모가 정성을 다해 책을 읽어주고, 그 목소리를 들으며 자란 아이들 말이야.

아무튼 이 이야기는 여기까지만 하고. 다시 외할머니 장례식 이야기로 돌아가서, 나는 장례식 내내 통곡하다가 혼절하기를 반복하는 엄마의 곁을 지켰어. 네가 나에게 보여준 배려와 안온함을 나는 그간 삭막했던 모녀 관계에 조금씩 쏟아보았어. 그러자 엄마는 나를 끌어안고 어린아이처럼 울었어. 그런 엄마가 안쓰러워서 딱딱하게 굳은 엄마의 등허리를 몇 번이고 어루만져 주었지. 네가 나한테 했던 것처럼 말이야.

장례식이 끝나고 할아버지는 집 뒷마당에서 할머니 옷가지를 태웠어. 할머니가 가장 아끼던 것만 골라서.

"저승길이 무거우면 좋은 데 못 간다."

할아버지는 조용히 할머니의 옷을 태웠고, 나는 그 옆에 서서 한참을 가만히 있었어. 할머니의 옷이 타들어 가는 모습을 고요히 지켜보면서, 그러다 문득 의문이 생겼어.

"할아버지. 왜 연기가 잘 안 나요?"

"삭정이를 쓰면 연기가 잘 안 나. 연기 보고 달려드는 잡귀 생기지 말라고 삭정이를 쓰는 거다."

"삭정이가 뭔데요?"

할아버지가 나를 어린애 보듯 흘끗 보고는 대답했어.

"산 나무에 붙어있는 말라 죽은 나뭇가지."

어쩐지 마음이 자르르 아팠어. 살아있는 나무에 붙어있는 죽은 나뭇가지를 가지고 할머니의 옷을 태운다는 게. 꼭 살아있는 자들의 삶에서 죽은 자를 떼어내는 일처럼 보였지. 죽은 것과 죽은 것의 결합에 가슴이 소슬해졌어. 등줄기를 타고 오르는 서늘함을 이기지 못하고 나는 얼른 자리를 떴어.

"노인네 마지막 가는 길인데, 좋은 나무는 하나도 안 쓰지. 아까워서 저래, 아까워서."

엄마는 할아버지가 잘 마른 장작으로 할머니 옷을 태우는 게 아까워서 그러는 거라는 푸념을 해댔어. 망자의 물건을 태우는데 삭정이를 쓰는 것은 할아버지만의 애도 방식 같으면서도 나는 어쩐지 마음이 무거웠어.

하루만 더 있다가 가라는 엄마를 뒤로하고 삼척을 떠나면서 너에게 연락했어. 너는 작업 중인지 DM을 바로 읽지 않았고, 나는 전화할 마음의 여유가 없었어. 버스 안에서 깜빡 잠이 들었을 때, 너에게 전화가 왔어.

— 어디쯤 왔어?

"다음 휴게소가 횡성이래. 잠깐만."

나는 핸드폰 지도로 내가 어디쯤에 있는지 확인해 보았지.

"40분쯤 걸릴 것 같아."

― 그럼, 내가 횡성으로 데리러 갈게. 그 휴게소에서 만나.

나도 모르게 입가에 웃음기가 번졌어. 휴게소로 데리러 온다는 사람이 너 말고 또 있을까? 나흘 밤낮을 제대로 자지 못해서 피곤해 죽을 맛이었는데, 너의 전화를 받고 나서부터는 잠이 홀딱 깨버렸어. 빨리 횡성 휴게소에 다다랐으면 좋겠다는 바람만이 간절해졌지.

휴게소에서 버스가 정차하자마자, 나는 가장 먼저 버스에서 내렸어. 화장실이 급한 사람처럼 초조해하며 주위를 두리번거렸지. 너한테 전화를 걸려고 하는데, 누군가가 나를 뒤에서 와락 끌어안았어.

"우리 승은이한테서 나무 태운 냄새 나네?"

너는 내 목덜미에 콧잔등을 비비며 사랑스럽게 중얼거렸어.

"지승아, 사랑해."

가슴 속에서 찰랑거리던 온기가 넘쳐흐른 순간이었어. 너는 내 어깨를 잡고는 나를 천천히 돌려세웠어. 휘둥그레진 너의 눈이 나를 내려다보고 있었어.

아, 이런 거구나.

나는 장례식장에서도 틈틈이 나를 괴롭히던 의문의 답을 찾은 거야.

어떻게 사랑을 말하면서 아무렇지 않을 수가 있지?

너도 그런 얼굴이었거든. 왜 갑자기 사랑한다고 고백했는지 모르겠다는 얼굴이었어. 나도 똑같은 고민에 빠졌던 적 있으니까, 너를 골몰하게 만들고 싶지는 않으니까, 나는 너에게 답을 주었어.

"데리러 와줘서 고마워."

휘둥그레졌던 너의 눈가가 부드럽게 풀어졌어. 내가 사랑하는 새의 날갯짓처럼 속눈썹을 나부끼며 유순하게 웃었지.

장례식 때문에 회사를 며칠 비운 나는 눈코 뜰 새 없이 바빠졌어. 야근이 이어졌고, 저녁은 삼각김밥이나 샌드위치로 대충 때웠어. 그 무렵 너도 전시 준비로 바빠지기 시작했어.

"오늘도 못 만나?"

아쉬움이 덕지덕지 묻어나는 물음이었어. 내 감정이 너무 질척질척해서 나조차도 유쾌하지 않았지. 핸드폰 너머에서 너의 긴 한숨이 흘러나왔어.

— 미안. 전시가 코앞이라.

새벽이라도 좋으니 잠깐 와서 얼굴만 보고 가면 안 되냐는 내 부탁에 너는 곤란해했어.

— 글쎄. 너 출근해야 하는데, 새벽에 깨워도 돼?

나는 된다고 했지만, 너는 새벽에 오지 않았어. 너의 배려가 나는 내심 서운했어. 현관 비밀번호도 다 알고 있으면서, 그냥 문 열고 들어와서 얼굴 한번 보여주는 게 어려운가 싶었고. 너는 심지어 나와 같은 오피스텔 20층에 살고 있었으니까. 집에 올라가는 길에 한번 보고 가면 되는 거잖아. 내 방과 네 방은 겨우 4층 거리일 뿐인데.

만남이 점점 뜸해지고, DM 답장도 곧바로 오지 않는 날들이 계속되면서 나는 조금씩 지치기 시작했어. 그런 날에 박 부장이 나한테 외근을 다녀오라고 시킨 거야. 윗선에서 가야 하는 까다로운 계약서 날인 건이었는데, 미루고 미뤄서 나한테 넘어온 거지. 평소였다면 괜한 속만 태웠을 거야. 그런데 외근 나가야 하는 거래처 사무실이 하필 네 작업실 근처였어.

"바로 퇴근해도 될까요?"

박 부장에게 그런 식으로 질문했던 건 입사 이래로 처음 있는 일이었어.

"어, 그러든가. 계약서 분실하지 말고!"

나는 박 부장의 잔소리를 뒤로 하고 사무실을 나섰어. 얼른 계약서에 날인하고 작업실에 있는 너를 찾아가고 싶었거든. 오랜만에 가슴이 두근두근 뛰었어. 깜짝 놀라는 너의 얼굴이 보고 싶었어. 저녁 거리를 포장해 가서 톱밥이 가득한 테이블을 치우고 그 위에서 함께 저녁을 먹는 모습을 상상했지.

전화로는 꼬장꼬장하게 굴었던 거래처 사람은 생각보다 싱겁게 계약서에 도장을 찍어줬어. 나는 클리어 파일에 담긴 계약서가 구겨지지 않도록 랩톱 가방에 꼼꼼하게 넣었지. 그 순간 나는 개선장군이라도 된 것처럼 비장했어. 너를 찾아가는 마음이 그랬다는 거야. 숭고하고, 경건했어. 너무 설레발치지 말자고 스스로 다독이느라 그랬던 것 같기도 해. 나는 너의 작업실이 정말 궁금했으니까.

치킨 한 마리와 초밥 세트를 포장해서 네 작업실로 향했어. 신도시 끄트머리에 자리한 단층 건물의 마당에는 각양각색의 나무들이 쌓여있었어. 그리고 그 나뭇더미 옆에서 네가 담배를 피우고 있었어. 나는 흠칫 놀라서 발걸음을 멈췄어. 그때까지 네가 담배를 피우는 줄도 몰랐거든. 그리고 왜 네가 혼자 있을 거라고 생각했을까? 네 주위에는 동료로 보이는 너덧 명의 사람들이 있었어. 그중 한 여자의 눈길이 가장 먼저 나에게 꽂혔던 순간을 나는 아직도 기억해.

"어떻게 오셨어요?"

대문도 없는 담벼락 옆에 멀뚱히 서 있는 나를 보고 여자가 묻자마자, 모두의 시선이 나를 향했어. 네 눈동자가 가장 느리게 움직였지. 나를 보고 놀란 너는 서둘러 담배를 쓰레기통에 던지고는 달려왔어.

"연락도 없이 여기까지 어떻게 왔어?"

놀란 네가 물었고.

"연락했어. 너, DM 확인 안 하더라. 전화도 안 받고."

근데 사람들과 담배 피울 여유는 있었어? 정작 묻고 싶은 말은 묻지 못하고 나는 어색하게 웃었어.

"지승. 누구야?"

아까 그 여자가 네 곁으로 바짝 붙어 서며 물었어.

"어? 인사해. 이쪽은 김승은."

소개가 그게 다였어. 나는 네가 나를 여자 친구라고 소개하지 않는 게 너무 이상했어. 여자가 싱긋 웃으며 나를 향해 고개 인사를 건넸어.

"저는 한채이요."

스스럼없이 인사하는 모습에서 유쾌하지 않은 기시감이 돌아났어. 여자는 너와 비슷한 말투를 쓰고 있었거든.

"와, 이거 뭐예요? 치킨이랑 초밥이다! 잘 먹을게요!"

여자는 내가 그러라고 하지도 않았는데, 내 손에서 종이봉투 두 개를 낚아채 갔어. 너랑 함께 오붓하게 먹으려던 저녁 식사를 빼앗긴 나는 약간은 울 것 같은 기분이 되었지. 속이 너무 상했어. 근데 너는 아무렇지 않은 목소리로 말했어.

"가자. 저녁 먹고, 집까지 데려다줄게."

나를 입구에 멀뚱히 세워놓고 일행에게 달려간 너는 뭐라고 한참을 떠들더니 다시 내 곁으로 돌아왔어. 작업실을 함께 쓰는 사람들에게 나를 제대로 소개하지 않는 네가 서운했고, 연락을 받지 않는 네가 미웠어. 그런데 저녁을 같이 먹고 집까지 데려다준다는 네 말에 가슴 속에서 마구 엉켰던 실타래가 불에 그을리듯 녹아내리고 있었어.

너를 따라서 주차장으로 걷고 있는데, 아까 그 여자, 한채이가 달려왔어.

"저기 저녁 고마워서요. 저희 전시회 하거든요. 꼭 보러 오세요!"

한채이는 내 손에 전시회 초대권을 쥐여주고 갔어. 이걸 왜 네가 아닌 저 여자한테 받아야 하는 걸까. 나는 질문을 던지듯이 너를 올려다보았어. 너는 상당히 곤란한 표정을 지으며 돌아서는 한채이를 보고 있었어. 그리고 아까 느낀 그 기시감이 말투 때문만은 아니라는 걸 깨달았어. 한채이가 돌아선 찰나, 네 옷에서 풍기는 섬유유연제와 같은 냄새가 물씬 풍겼어. 숨이 턱 막히면서 목구멍에서 신물이 올라왔어. 헛구역질이라도 하고 싶어졌지.

"왜 그래? 어디 안 좋아?"

너는 사뭇 심각해진 눈으로 내 안색을 살폈어. 나만 내려다보는 네 시선에 나는 또 알량하게 안도했지.

"아니야. 택시를 오래 탔더니 멀미를 좀 했나 봐."

"미안해. 내가 데리러 갈걸. 연락한 줄 몰랐어."

나는 이성적으로 생각하자며 고개를 끄덕거렸어. 오랜만에 만난 너는 여전히 자상하고 다정했어. 나와 있을 때만큼은, 나에게 최선을 다하는 것처럼 보였지. 그날 저녁을 먹고, 너는 내 오피스텔에서 잠들었어. 나를 품에 꼭 안고선.

나는 네 맨가슴에 옆얼굴을 기댄 채로 생각했어. 친구면 말투가 비슷해질 수 있다고. 작업실에서 동료들끼리 작업복을 모아서 빨래를 한꺼번에 했다면 똑같은 섬유유연제를 썼을 거라고. 매끈한 흉근 위로 내 입에서 흘러나온 숨결이 부서졌어. 내가 내뱉은 숨결이 되돌아오는 것을 느끼며 나는 살아있음을, 너를 여전히 사랑하고 있음을 되새겼지. 나는 한숨을 내쉬어 보기도 하고, 자잘한 숨을 내뿜어 보기도 했어. 내 입김에 실리는 너의 체취가 좋았거든.

"간지러워, 김승은."

네가 잠기운 가득한 목소리로 중얼거리더니 내 몸을 마구 간질이기 시작했어. 나는 몸을 이리저리 비틀며 네 품에 갇힌 채로 웃었어. 행복하다고 생각하면서. 그 행복은 얼마 가지 않아서 부서졌지만.

전시가 코 앞으로 다가온 어느 날, 오피스텔 앞 편의점에서 한채이를 만났어. 그런데 기가 막히게도 한채이는 우리가 처음 돈가스집에서 만났을 때, 네가 입고 있었던 후드 집업을 입고 있었어. 단순히 브랜드와 품명이 같은 옷이 아니라, 네 옷이었어.

나와 한채이는 약속이라도 한 것처럼 오피스텔 1층에 있는 카페에 마주 앉았어. 나는 뭐부터 물어야 할지 몰라서 망설였지. 어떤 질문이든 너와 내 관계를 망가뜨릴 것 같아서 그랬는지도 모르겠어. 나는 여전히 널 사랑했으니까.

"윤지승이 아직도 말 안 했어요?"

나는 아무런 대꾸도 하지 않고 한채이를 응시했어.

"우리 같이 살아요."

너무 비현실적인 말을 들어서인지 어떤 대답을 해야 할지 모르겠더라.

"뭐 지금은 같이 자고 그런 사이는 아니고요."

지금은? 나는 되묻지 못하고 간신히 숨만 내뱉었어.

"내가 지금 형편이 좀 그래서 지승이한테 얹혀살고 있어요. 여기 오피스텔 보증금 반의반은 내 돈이거든요. 다음 달 말에 계약 끝나면 나갈 거고."

나는 네가 사는 오피스텔이 다음 달 말에 계약이 끝난다는 것도 몰랐지. 너무 많은 정보가 한꺼번에 쏟아져서 어디서부터 정리해야 할지 감이 서질 않았어.

"그러니까 괜한 오해는 하지 말라고요."

한채이가 입은 옷을 내가 흘끗거렸어.

"이건 원래 내 옷이에요. 가끔 윤지승 그 새끼가 내 옷을 입기도 하거든요. 쉽게 설명하자면 우리는 그냥 남매 같은 사이라고요. 지승이가 말하기 전에는 알은척하지 말아줬으면 좋겠어요. 그 새끼 성격에 나 내쫓을 것 같거든요. 나 진짜 갈 데

사랑하지 않을 이유 85

없어요."

한채이는 바로 작업실로 가야 한다면서 먼저 자리를 떴어. 제 할 말을 다 하면서도 '나는 당신을 배려하고 있어요' 하는 모습이 어쩐지 너와 같은 결로 보였어.

그날 이후 한 일주일쯤 나는 너를 의식적으로 피했어. DM을 안 읽고, 전화를 안 받고. 네가 작업에 몰두할 때 그랬던 것처럼 나는 무엇인지 모를 것에 몰두했어.

"김승은. 너 왜 이렇게 연락이 안 돼?"

그러다 톱밥도 채 털어내지 못한 작업복을 입은 네가 내 오피스텔로 들이닥쳤어. 설거지를 하고 있던 나는 분홍색 고무장갑을 낀 채로 울음을 터뜨렸어. 볼썽사납게 일그러진 얼굴 위로 눈물이 흘러넘쳤어.

"왜 그래, 승은아. 응? 왜 울어?"

너는 커다란 손으로 내 얼굴을 붙들고는 엄지로 광대 언저리를 닦아주며 물었어. 걱정을 가득 담은 눈동자가 너무 좋았어. 그런데 너의 다정함과 안온함은 나만을 위한 게 아니라 모두를 위한 거잖아.

"우리 헤어지자."

나는 울음기 가득한 목소리로 중얼거렸어.

"뭐?"

너는 미간을 왈칵 찌푸리며 되물었고.

"헤어지자고."

"왜?"

너는 이해할 수 없다는 듯이 나를 멍하니 바라보았어.

"너를 사랑하지 않을 이유가 너무 많아서."

"대체 무슨 소리를 하는 거야?"

항상 평정을 유지하던 네가 급기야 화를 냈어. 나한테 화를 내는 건 그때가 처음이었어.

"너 한채이 씨랑 같이 산다며?"

누군가 전원 버튼을 내려버린 것처럼 너는 아무런 반응도 보이지 않고 멈춰버렸어. 모든 생명의 공급원이 끊긴 사람처럼 텅 빈 상태 같았어.

"한채이가 그래?"

"그래서 항상 여기로 왔던 거지? 네 방에 내가 간 적은 없잖아."

"그거야, 네가 여길 더 편하게 생각하니까."

"나 배려해서 그런 거라고? 그래서 너는 방 하나 구할 여윳돈 없는 여자도 배려해서 같이 살고?"

너는 한숨을 몰아쉬었어. 평상심을 되찾으려는 노력처럼.

"그냥 여자 아니고, 친구야. 너랑 만나기 전에 여기 같이 계약했고!"

"단순한 룸메이트라는 뜻이야?"

안타깝게도 오피스텔 평형은 한 가지고, 원룸 형태잖아. 근데 거기서 여자랑 같이 살았다는 거잖아, 너는. 나를 만나면서도.

"어."

"과거에도 그냥 친구이기만 했어?"

내 물음에 너는 대답하지 않았어. 그냥 친구였다는 거짓말도 하지 않았고.

"계약 끝나고, 한채이 내보내면 될 일이었어."

그래, 이런 결. 간단하게 정리해 버리는 이런 거. 한채이와 너의 같은 결. 너와 한채이는 결이 같은 나무여서 떨어질 수 없는 사이라면, 나와 너는 종이 달라서 공생할 수 없는 것처럼 느껴졌어.

"근데 지승아. 내 상식으로는 다른 여자랑 같이 살면서 나를 만나는 남자…. 이해 못 하겠어. 너는 내가 다른 남자랑 같이 살면서 너랑 만났다고 하면 이해할 수 있겠어?"

순간 너의 눈빛이 날카로워졌어.

"어. 피치 못할 사정이 있다면, 나는 이해할 수 있어."

너는 거짓말을 하고 있었어.

"아, 시발. 한채이, 가만 안 둬."

내 앞에서 험한 욕을 내뱉는 네 모습도 낯설었어. 너는 동거 사실을 발설한 한채이에게 책임을 묻겠다며 현관으로 성큼 걸음을 옮겼어. 나는 그때까지 고무장갑도 벗지 못했지. 젖은 장갑으로 네 옷자락을 붙잡았어. 너는 내가 붙잡는 것도 아랑곳하지 않고 나가버렸어. 그게 내 마지막 발악인 줄도 모르고.

지금 한채이한테 따지러 갈 게 아니라… 나한테 최소한의 변명이라도 해야 하는 거 아니야? 내 옆에 있어야 하는 거 아니냐고.

그날 밤 너는 무슨 일인지 돌아오지 않았고, 나는 너에게 다시 연락하지 않았어. 현관 비번을 바꿨고, 핸드폰 번호를 바꿨고, 인스타 계정을 없앴어. 네가 찾아와도 집에 없는 척하는 일은 정말 힘들었어.

그런데 어떡해? 내가 널 사랑하는 마음보다, 널 사랑하지 않을 이유가 더 큰데?

나는 밥을 먹지 못했고, 산책하러 가지 않았고, 밤에 깨는 일이 잦아졌어.

그러다 오늘 같은 사무실에서 일하는 동료가 나무 공예가의 전시에 다녀왔다면서 나한테 굿즈 하나를 건네줬어.

"김 대리한테 어울릴 것 같아서 하나 샀어요."

다이어리나 책 따위에 부착하는 펜꽂이였는데, 거기 네 이니셜이 새겨져 있더라.

그저 스쳐 지나갈 사람은 모르겠지만, 나는 알고 있는 너의 이름이 알파벳 석 자로 정렬되어 있는 책갈피가 온종일 눈앞에 아른거렸어.

그간 소란스러웠던 마음을 이제 정리할 때가 되었다는 생각이 들더라.

너를 사랑하지 않았던 건 아냐.

사랑하지 않을 이유가 많았던 것뿐이야.

이메일을 보낸 승은은 발신 취소 버튼을 누르게 될 것 같아서 도망치듯 집 밖으로 나왔다. 사랑하다 헤어질 수 있다. 어떤 이별이든 서로에게 상처가 된다. 승은이 스스로 그 상처를 보듬기 위해 노력하는 것처럼 지승도 한 발짝 앞으로 나아갈 수 있기를 바랐다. 이기적이고도 알량한 희원일지라도.

때늦은 저녁 도시락을 사기 위해 편의점으로 향하는 길, 하필 그 앞에 윤지승이 서 있었다. 지승은 담배를 피우다 말고 승은을 물끄러미 바라보았다. 승은은 그림자를 밟고 지나가듯 지승의 곁을 지나쳤다.

"오늘 짐 뺐어. 이사 가. 잘 지내라."

연기 같은 지승의 목소리는 꼭 삭정이를 태울 때처럼 희미했다. 도시락을 사서 나오는 길, 지승은 사라지고 없었다. 되짚어 보니 윤지승은 지나치게 멀끔한 얼굴을 하고 있었다. 갑자기 20여 분 전쯤 보낸 이메일을 회수하고 싶은 생각이 들었다. 어긋난 사랑을 그럴싸하게 포장한 낭만 따위는 헤어진 사이에 불필요한 감상이었다. 집에 들어서자마자 랩톱을 켰다.

[수신 확인: 8분 전]

승은의 입에서 한숨이 흘러나왔다.

"시발, 망했네."

욕이 저절로 튀어나왔다. 핸드폰이 부르르 진동한 것도 동시였다. 모르는 번호였다. 핸드폰은 한참을 처량하게 떨다가 고요해졌다.

윤지승일까 봐, 윤지승이 아닐까 봐.

모르는 번호로 걸려 온 전화를 받지 못한 이유였다.

연애부고

이미령

'이서현'이라는 필명으로 소설을 쓰고 있다. 장편소설 〈펑〉으로 제8회 교보 스토리 공모전에서 대상을 받았다. 작품으로는 〈펑〉, 〈망생의 밤〉, 〈리얼 드릴즈 여자 야구단〉이 있다. 단편 〈얼얼한 밤〉으로 LIM 문학상을 받았다.

미친놈인 줄 알았지만 이 정도로 미친놈일 줄은 몰랐다. 아닌가. 조금은 알았던 것 같기도 하다. 진지하게 받아들이지 않았을 뿐이지. 언젠가 전 여친에 대해 물었을 때 그는 한 치의 망설임도 없이 죽었다고 대답했다. 괜한 상처를 건드린 건가, 말문이 막혔을 때 그는 지나간 사람 그러니까 앞으로 다시 만날 일이 없는 사람은 죽은 셈 친다고 했다. 그때 나는 안도감과 함께 웃어넘겼지만 인생이 늘 그런 것 아니겠나. 내가 바로 그 죽은 애가 될 줄은 몰랐다. 심지어 그가 죽은 연인의 장례식까지 치른다는 것은 더더욱 몰랐고.

이놈의 지긋지긋한 연애. 사귀고 있는 놈도 아침부터 치약 하나 때문에 속을 뒤집어 놓더니, 잔소리를 피해 도망친 카페에서 기괴한 소식을 듣게 될 줄은 몰랐다. 이럴 줄 알았으면 재택근무를 하는 게 아니었는데. 노트북을 펼쳐두고 멍하니

창밖만 보고 있을 때였다. 누군가 바라보는 시선이 느껴졌다. 고개를 돌리자 여정이 서 있었다. 일 년 만인가, 이 년 만인가. 인사를 하려는 찰나 여정이 울먹이며 말했다.

"죄송해요. 제 친구랑 너무 닮아서 쳐다봤어요."

"장난해?"

"그런 게 아니라… 친구가 죽었는데… 먹고 사는 게 뭐라고… 장례식도 바로 못가고… 연차는 왜 다 써가지고… 전… 진짜 나쁜년이에요. 욕먹어도…."

여정은 알아듣지 못할 말을 한참 더 중얼거리더니 급기야 울음을 터뜨렸다. 연기라도 하는 건가. 아니면 나야말로 사람을 잘못 본 건가 싶었다. 그러고 보니 검은 옷을 입고 있었다. 마치고 장례식을 갈 셈인가. 친구가 죽었고 일 때문에 못 갔다면 괜한 죄책감을 가질 수도 있겠다 싶어 어색하게 괜찮다고 말한 뒤 자리에서 일어났다. 그 순간 여자의 입에서 익숙한 이름이 나왔다.

"제 친구랑 진짜 너무 닮아서… 우리 주하가… 아, 반주하… 갑자기 왜 죽어가지고…."

반주하? 반주하라는 이상한 이름을 가진 이가 나 말고 얼마나 될까. 심지어 나와 똑같이 생기고, 똑같이 생긴 친구를 가지고 있을 확률이 있기는 할까.

"최여정?"

여정은 순간 놀라 나를 쳐다보았다. 마치 괴물이라도 본 것처럼. 아니, 귀신이라고 해야 하나.

"반주하…? 내 친구 반주하?"

여정은 몇 번이고 내가 자신이 알고 있는 반주하가 맞는지 확인했다. 대학은 어디를 나왔는지, 우리가 언제 만났는지, 자주 가던 술집 이름이 무엇인지, 온갖 질문을 던진 후에야 다행이라는 듯 나를 와락 껴안았다. 숨 막히는 포옹을 몇 번이나 한 후에도 여정은 다시 물었다.

"너 진짜 반주하 맞는 거지? 진짜 살아 있는 거지?"

정말이지 어이가 없었다. 계속해서 살아 있다고 하다 보니 어쩐지 내가 죽은 건 아닐까 나까지 의심스러워질 지경이었다.

"근데, 왜 내가 죽었다고 생각한 거야? 장례식은 또 뭐고?"

당연히 여정이 잘못 본 거라 생각했다. 이름이 비슷한 누군가 죽었고, 잠결에 확인하고 대뜸 눈물부터 흘렸겠지. 이성 따위는 개나 줘버리라는 듯 일부터 저지르고 뒤늦게 생각하는 타입이었으니까. 예상과 달리 여정의 폰에는 태호가 보낸 부고 문자가 고스란히 담겨 있었다. 그러니까 '반주하'가 죽어서 장례를 치르고 있다는 부고 문자. 장례식장 번호도, 주소도, 계좌 번호까지도 떡하니 적혀 있는 진짜 부고 문자. 진짜 기막힌 상황이 되면 말이 나오지 않는다더니, 말문이 턱 막혔다.

"애는 진짜 이딴 장난은 왜 치는 거야? 내가 아침부터 얼마나 슬펐는데!"

아무 말도 하지 않자 여정이 길길이 날뛰며 화를 내기 시작했다. 내가 말리기도 전에 태호에게 전화를 걸었지만 태호는 전화를 받지 않았다. 급기야 여정은 장례식장으로 전화를 했는데, 장례식장에선 정상적으로 장례식이 진행되고 있다는 말과 함께 더 이상의 정보는 개인정보인 관계로 알려줄 수 없다는 말만 전해왔다. 전화를 끊은 후 할 말을 잃었다는 듯 입을 꾹 다물고 있던 여정이 도저히 못 참겠다는 듯 물었다.

"근데 태호랑 무슨 일 있었어?"

무슨 일이 있기는 했었는지, 머리를 굴리고 또 굴렸지만 떠오르는 게 없었다. 대체 어떻게 행동했기에 헤어진 지 2년이나 지난 남자가 장례를 치른다고 하는 건지 나까지 의심하는 눈길이었다. 나 역시 의구심이 들긴 마찬가지였다. 2년이나 지났는데도 여전히 내게 앙심을 품고 있는 걸까?

내가 뭘 그렇게 잘못했길래?

그러고 보면 태호는 늘 내가 뭘 잘못했는지 묻게 만드는 놈이었다.

*

　동기라고 하지만 태호와 나는 대학을 졸업하고 3년이 지난 후에야 만났다. 입학식 전, OT에 다녀오자마자 나는 내가 있어야 할 곳이 아니라는 걸 알았다. 사람들 앞에 나서기는커녕 눈에 띄는 걸 극도로 싫어하는 나와 달리 모두가 자신을 봐달라고 아우성을 쳤다. 어떻게 하면 튈 수 있을지 경연대회라도 하는 줄 알았다.

　그날 이후 당장 반수를 하겠다며 휴학계를 냈다. 애석하게도 그 해 수능 시험을 쫄딱 말아먹었던 나는 다시 학교로 돌아가는 수밖에 없었고, 그 무렵 태호는 군대에 가겠다며 휴학했다. 그 이후에도 나는 복학과 휴학을 반복하며 꾸역꾸역 대학생활을 이어갔고, 태호 역시 마찬가지였다. 그렇게 우리는 같은 과 동기였지만, 학교에 다니는 내내 단 한 번도 마주치지 않는 기적을 낳았다. 아마도 이런 걸 절대 만나선 안 되는 악연이라 하는 것 같기도 한데…, 꼬일 일은 어떻게든 꼬이는 법인지라 태호와 나는 기어코 만나고 말았다.

　광고 촬영 현장이었다. 하필이면 팀장과 사수가 동시에 퇴사를 해버리는 타이밍에 찍게 된 광고라 고작 3년 차 카피라이터인 내가 크리에이티브 디렉터를 대신해 현장에 나가고 말았다. 광고주까지 오는 자리인지라 한껏 긴장했는데, 촬영

감독이 한 시간이 지나도록 오지 않는 거였다. 결국 광고주는 일을 어떻게 하는 거냐며 낼 수 있는 화는 다 내고 돌아갔다. 그나마 다행이라면 촬영할 연예인 역시 늦었다는 거였다.

한 시간 반이 지나서야 느긋하게 나타난 감독에게 곧장 따져 물었다.

"지금 장난해요?"

"늘 그런 식으로 말하세요?"

"지금 그게 무슨…."

"사람이 늦으면 무슨 일이 있었는지, 걱정부터 해야 되는 거 아니에요? 제가 일부러 늦었겠어요?"

기가 막힐 노릇이었다.

그의 뻔뻔함에 화가 났지만 이상하게 그 뻔뻔함 때문에 어쩐지 갑자기 내가 나쁜 사람이 된 것처럼 할 말이 없어졌다.

태호에겐 그런 기술이 있었다. 순식간에 제 잘못을 무마시키는 기술이. 그를 향한 비난은 백 퍼센트 오해에서 비롯되었다고 돌려 말하며, 자신이 해야 할 변명을 상대에게 떠넘겼다. 되레 상처받았다는 눈빛 앞에 나야말로 평소 사람을 몰아붙이는 타입이 아니라고, 지금은 순간 화가 났을 뿐이라는 변명을 늘어놓아야 했다. 이야기를 전해 들은 친구들은 "뭐 그런 놈이 다 있어? 그걸 넘어가?" 하며 황당해했지만, 그렇게 말하는 이들 역시 태호 앞에선 속절없이 넘어갔다. 눈앞에선 꼼짝없이 당했다가 잠들기 전 문득 내가 말렸다는 사실을 깨닫게 되는 거였다. 그때가 되면 따지기에도 화를 내기에도 이미 늦었다.

다행인지 불행인지 그날 촬영은 무사히 끝났다. 심지어 결과물은 기대 이상이었다. 광고를 본 광고주는 진즉에 이렇게 했으면 되지 않았냐고 타박인지 칭찬인지 모를 말을 남겼다. 그리고 나는 태호와 다시는 엮이지 않겠다고 결심했다. 너는 아웃! 이라고. 프로젝트에 태호의 ㅌ만 보여도 도망치겠다고. 늘 그렇듯 인생은 결심대로 흘러가진 않는다. 광고가 송출된 후, 뜬금없이 그에게 연락이 왔다. 그때 미안했으니 저녁을 사겠다는 거였다. 당연히 개인적인 일이 아닌 공적인 일, 영상 스튜디오에서 광고 대행사에 하는 접대의 일환이라 생각했고 팀원들과 함께 나갔다. 2차로 옮기는데, 그가 한 마디를 툭 던졌다.

"둘이서 먹자는 거였는데, 아쉽네요. 제가 별로인가 봐요."

역시나 친구들은 뻔한 수작에 불과하다 했지만, 그 뻔한 수작이 무서운 거였다. 아는 맛이 무섭다는 말이 괜히 있겠는가. 무엇보다 내 얘기에 공감하지 못하던 친구들도 태호의 카톡 프로필 사진을 보자마자 수긍했다.

"그럼 그렇지, 너 얼빠인 거 잠깐 잊고 있었다."

나로선 꽤나 억울한 일이었다. 그러니까 태호가 무슨 말을 했다고 해도 내가 넘어갔을 거라고 했지만 사실이 아니었다. 태호가 그 말을 하기 전까진 태호가 어떻게 생겼는지 제대로 보지도 않았으니까. 물론 태호가 잘생긴 얼굴이긴 했다. T존 미남이랄까? 눈웃음은 또 어떻고. 그렇다 해도 그건 이미 관계가 진행된 후에야 눈에 들어온 거였다. 일로 만난 사이엔 연애, 썸, 원나잇, 이성적 감정이 들어간 어떤 것도 하지 않는다는 게 나의 지론이었다. 이번에도 결심은 허무하게 무너졌다. 그가 별로여서 팀원들과 함께 나온 게 아니라는 오해를 풀기 위해 우리는 3차를 갔고, 다음 날까지 함께 있는 불상사가 벌어지고 말았다.

그날 이후 우리는 빠른 속도로 공통점을 찾아갔다. 어쩌다 친구에 대한 얘기가 나왔는지는 모르겠지만 내 친구도 비슷한 애가 있다는 말을 하면서 같은 학교, 심지어 같은 과 동기라는 사실까지 알아냈다. 그러고 보니 그때 말했던 친구 역시 여정이었다. 어쨌거나 그쯤 되면 운명이라는 생각이 들 수밖에 없다. 그저 전공을 살려 일을 하고 있었으니 마주칠 확률이 높을 뿐이라는 생각은 저 멀리 내던졌다. 전공을 살리는 사람이 얼마나 있다고! 음악, 영화, 가구 취향까지 모든 게 태호와 겹쳤다. 정하지 않아도 자연스레 시밀러룩이 되었고, 동일한 아이템이 한두 개가 아니었다. 심지어 향수까지 같았다. 물론 그 모든 게 유행이었다는 사실 역시 저 멀리 제쳐두었다. 우리에게 공통점이 있다면 그저 힙한 유행을 고스란히 따라가는 클론이라는 것뿐이었건만. 콩깍지는 늘 그렇게 이성을 잃게 만든다. 어쨌거나 좋았던 건 그렇게 서로를 탐색하던 딱 한 달이었다.

태호와 나는 스타일이 비슷하고 취향이 같다는 것 말고는 공통점이 단 하나도 없었다. 심지어 대화는 고작 다섯 마디를 넘어가지 않았다. 한 마디 한 마디가 삐걱거렸다. 정말 재밌지 않아? 재밌는 건 아니지. 진짜 싱거울 것 같아. 나 요리 잘못한다 했잖아. 그런 뜻으로 말한 건 아니었는데. 왜 그렇게 말해? 피곤할 텐데 쉬어. 귀찮으면 귀찮다고 해. 심지어 그는 내가 자신의 마음에 안 드는 말을 할 때마다 "와우"라고 하는 바람에 나를 열받게 하곤 했다. 사사건건 시비가 걸렸고, 무슨 말을 해도 무안한 결말이 되었다. 어디 그뿐인가. 그는 거짓말을 하고도 눈 깜짝하지 않은 채, 의심병 있는 거 아니야? 되묻곤 했다. 그런데도 서로에 대한 집착은 이상하게 심해져서 2년이 넘은 시간 동안 헤어지고 만나고를 끊임없이 반복했다.

마지막으로 헤어졌을 때 그가 말했다.

"나는 할 만큼 했어. 내가 어떻게 해도 넌 절대 만족 못할 것 같아."

음… 뭘 했다는 건지. 단 한 번이라도 내가 원하는 걸 해준 적이 있었나? 참고 또 참고, 또 참았건만. 싸울 때 울음이라도 터뜨리면 전혀 공감이 되지 않는다며 어이없다는 표정을 짓고 있었다는 사실은 까먹은 건가. 인정할 수밖에 없었다. 내가 졌다. 나야말로 어떻게 해도 안 되는 것 같았다. 할 만큼 한쪽은 나였다. 물론 그날 이후에도 나는 그에게 몇 번의 톡을 보내긴 했다. 술을 단 한 방울도 먹지 않아도 갑자기 울화가 치밀어 올라 참았던 말들을 쏟아냈다. 나중엔 그게 더 편하게 느껴질 정도였다. 사귈 때에도 벽 보고 얘기하는 기분이었으니까, 진짜 벽에 대고 말하는 게 나쁘지 않았다. 오래 가진 않았다. 또 다른 친구가 미련 중에 미련, 집착 중에 집착이라 말하며 "아주 희대의 사랑하셨네."라고 비꼬는 바람에 그 자리에서 카톡도 번호도 지워버렸다. 술에 취할 때마다 그의 번호를 기억하기 위해 머리를 굴리고 또 굴렸지만 결코 그의 번호를 찾아내진 못했다. 그렇게 내 인생에서 빠져나간 사람이었다. 그런 애가 갑자기 내 장례식을 치르고 있다고?

대체 왜?

"무슨 일 있어?"

승민의 걱정스러운 질문에 정신이 들었다.

고스란히 음식이 남아 있는 내 그릇과 달리 승민의 그릇은 비워져 있었다. 나는 어색하게 웃은 뒤 고개를 저었다.

승민과는 일 년 전부터 만났다.

평범하고 안정적인 연애였다. 그 안정감이 좋으면서도 심심했다. 싸움이라고 해봐야 별것 아닌 일이었으니까. 가끔은 승민을 만나는 게 태호와 정 반대의 인간이기 때문인 건지, 이제 도파민은 뒤로 하고 나 역시 결혼을 향해 가고 싶은 건지 헷갈렸다. 이대로 쭉 가면 되는 걸까. 적당한 때에 적당한 사람을 만나 적당한 미래를 계획하면 되는 건가. 인생이 이런 걸까. 흔들리지만 않으면, 두 발을 딛고 있는 땅이 무너질 거란 공포만 없으면 괜찮은 걸까. 친구들은 복에 겨운 소리 하지 말라고 했다. 하자 없는 인간을 만나는 게 얼마나 어려운 건 줄 아냐고. 나도 안다. 문제는 어려운 행운이라 해서 꼭 좋기만 한 건 아니라는 거였다.

"진짜 아무 일 없는 거야?"

승민이 다시 물었다.

솔직하게 말해도 되는 걸까. 만나는 동안 우리는 지난 연애에 대해 한 번도 말한 적이 없었다. 승민은 예의를 지키는 사람이었고, 나 역시 그 예의를 저버리고 싶진 않았으니까. 하지만 이 일이 지난 일이라 할 수 있는 걸까. 엄연한 현재 아닌가. 아무 말도 하지 말아야 할 것 같았지만, 아무 말도 하지 않았다간 속이 터져 죽을지도 몰랐다. 태호가 또 이런 식으로 나를 엿 먹이는 구나 생각하니 울화가 치밀었다. 무엇보다 승민은 답을 들을 때까지 넘어갈 사람이 아니었다. 어떤 대답이든 피해 가는 태호와는 정반대의 인간이었으니까.

장례식에 대한 이야기를 꺼내려는 순간 승민이 먼저 말했다.

"아침 일 때문에 그러는 거야?"

"아침?"

"내가 치약 뚜껑 좀 닫아달라고 부탁했잖아. 너는 그런 것 가지고 뭐라 하지 말라고 했었고."

그제야 아침의 다툼이 생각났다.

"아니, 뭘 그런 걸 아직까지 생각해?"

"그런 거니까…. 별것도 아닌 일에 내가 굳이 꼬투리를 잡은 게 하루 종일 마음에 걸렸거든. 미안하기도 했고."

순간 궁금해졌다.

치약 뚜껑 정도로 헤어져도 되는 걸까? 심지어 미안하다고 사과하는데 어쩐지 도망가고 싶어지는 게 정상일까. 다 좋은데 가끔 이상한데 집착하는 구석이 있다고 하면 이해가 될까. 태호 얘기를 하면 승민은 어떻게 반응할까.

"일이 있는 건지, 없는 건지 모르겠어."

"진짜 치약 때문 아니야?"

"치약 얘기 작작하고."

정색하자 승민은 어색하게 웃으며 고개를 끄덕였다.

"무슨 일인데?"

"내가 죽었대."

"죽어? 네가? 회사 잘린 거야?"

승민은 무슨 말인지 도통 모르겠다는 얼굴이었다. 나도 모르게 신경질적으로 한숨을 내쉬었다. 그러자 승민이 심각한 표정을 지었다. 걱정 가득한 눈빛, 무슨 일이든 괜찮으니 자신이 해결해 주겠다는 듯 내 손을 잡는 손까지. 기분이 이상했다. 태호가 한 번이라도 이런 표정을 내게 지었더라면, 가식이나마 내 손을 잡아 주었다면 헤어지는 일은 없었을 거란 생각마저 들었다. 그 생각 때문에 괜한 죄책감마저 느껴졌다.

"… 어디 아픈 거야?"

"그게 아니라…."

어디서부터 어떻게 설명해야 할지 가늠이 되지 않았다. 전 여친의 장례식을 치르고 있는 남자라니. 승민이 이해할 수 있을 리가 없었다. 결국 폰을 꺼내 내밀었다. 승민은 여정이 보내준 문자를 한참이나 바라보았다. 보고 또 봐도 이해가 되지 않는지, 문자와 나를 번갈아 보았다.

"이게 뭐야?"

"태호가 보냈대."

"태호? 태호가 누군데 이런 장난을 쳐?"

"전 남친."

"…"

말문이 막히는 게 이해가 되면서도 이해가 되지 않았다. 현 남친으로서 전 남친의 기괴한 행위에 분노부터 해야 하는 것 아닌가. 당장 달려가 멱살까진 못 잡더라도 완전 미친놈이라며 목소리 정도는 높여야 하는 거 아닌가. 어째서 이런 상황에서도 승민은 침착할 수 있는 걸까. 이 와중에도 이 사태를 어떻게 이성적으로 해결해야 할지 답부터 찾고 있는 걸까. 아니면, 화를 낼 만큼 사랑하지는 않는 걸까. 침묵이 길어지자 점점 숨이 막혀왔다. 아니, 내가 왜 이런 수모를 당해야 하는 거지?

"무슨 말이라도 해야 되는 거 아냐?"

"근데 장례식은 시체가 있어야 되지 않아? 진짜 장례식 맞아?"

"그래? 시체는 모르겠고, 어쨌든 장례식은 맞아. 아까 여정이가 전화해봤어."

"네가 직접 해본 건 아닌 거지?"

"지금 여정이가 나를 속이기라도 한다는 거야?"

"이런 일은 직접 확인해 봐야지."

승민인 내 폰을 집어 들더니, 장례식장 번호를 눌렀다. 심지어 인터넷에 검색해 장례식장 번호까지 비교한 후였다. 어쩐지 당장 전화를 뺏어 끊고 싶었다. 태호라면 어떻게 행동했을까. 별것 아니라는 듯 웃어넘기지 않을까. 어차피 안 죽었는데 무슨 상관이냐며 떡볶이나 먹자고 하지 않았을까. 아니나 다를까, 곧장 웃는 태호의 얼굴이 떠오르는 바람에 설마 태호가 진짜 내 장례식을 치르고 있길 바라는 건 아닐까 의심이 쑥 올라왔다. 곧이어 장례식장의 전화 연결이 되었고, 여정의 전화와 마찬가지로 반주하의 장례식이 '아주' 정상적으로 치러지고 있다고 말했다.

전화를 끊고 한참 후에야 승민은 도저히 이해가 안 된다는 얼굴로 물었다.

"… 이런 짓은 왜 하는 거래?"

"나도 모르지."

"안 물어봤어?"

"내가 물어봐야 해? 태호야~ 내 장례식은 왜 하고 있는 거니? 내가 대체 뭘 잘못했니?"

"태호?"

승민은 괜히 태호의 이름을 부르며 미간을 찌푸렸다.

"설마 이 와중에 전 남친 이름 부른다고 따질 건 아니지?"

"그게 아니라…."

승민은 무슨 말인가 하려다 관두고, 말을 이어갔다.

"일반적인 일이 아니잖아. 이유를 알아야 대처를 하지."

"이유가 있으면 이게 정상적인 일이 되긴 해? 아니지, 산 사람 장례를 치르고 있는데 무슨 이유가 있다는 거야? 설마 이게 다 내 잘못이라는 거야?"

"그런 말이 아니잖아."

"아니긴 뭐가 아니야. 그런 말이 아니면 뭔데. 무슨 짓을 했길래 장례식까지 하고 있냐 그런 눈빛하고 있잖아 지금."

"주하야. 그게 아니라…."

"그놈의 아니라는 말 좀 그만해!"

승민은 한숨을 내쉬었다.

"신고하자."

"신고? 신고해서 뭐라 그래? 전 남자 친구가 제 장례식을 치르고 있어요. 심지어 부고 문자까지 돌렸네요. 아주 동네방네 소문을 내지 그래."

"소문이 문제가 아니잖아. 이거 범죄야."

"범죄? 죄목이 뭔데?"

승민은 이제야말로 말문이 막힌 듯했다.

화를 낸 건 아니고, 나 역시 궁금해서 물었다. 범죄인 것 같긴 했는데, 범죄라고 할 수 없을 것 같기도 했다. 범죄로 인정된다면 내가 첫 판례가 되는 건가. 명예를 훼손한 것 같기는 한데…, 나에 대한 이상한 소문을 낸 것도 아니고, 그렇다고 스토커라고 하자니 나를 찾아온 것도 아니고…, 분명 잘못된 것 같긴 했는데, 여정을 마주치지 않았다면 모르고 넘어갔을 일이기도 했다. 그렇다고 또 괜찮은 일이라고도 할 수 없었다.

"확실하게는 모르겠지만 문제 있어. 정상 아니야. 무슨 짓을 할지 모르잖아."

"나를 죽이기라도 한다는 거야?"

그 순간 웃음이 튀어나왔다. 나도 모르게 꺽꺽 웃어버리는 바람에 승민은 정말 귀신을 바라보듯이, 아니 미친 여자를 보듯이 굳어버렸다.

무슨 일이 있어도 태호는 나를 죽일 놈이 아니었다. 적어도 그건 확신할 수 있었다. 태호는 제 인생에 흠결을 만드는 놈이 아니었다. 지독하게 타인의 시선을 의식하던 놈이었는데, 혹여나 제 발목을 잡기라도 할까 봐 치를 떠는 놈이 살인자가 된다고? 2년 전, 자기가 찬 여자 때문에? 그럴 바엔 차라리 자기가 죽을 놈이었다.

"걱정하지 마. 그럴 놈은 아니니까."

이제까지와 달리 승민의 표정이 확 굳었다.

"네 장례식을 하고 있는데도 넌 그 사람을 믿는구나?"

"그런 말이 아니잖아. 믿긴 누가 믿어."

"내 상식으론 이해가 안 된다. 둘 사이에 무슨 사정이 있어서 이런 일을 벌이는 건지, 그걸 이해하고 있는 너도 이해가 안 되고."

"누가 이해를 해!"

"이해를 못 하는데, 왜 가만히 있는 거야? 그렇다고 무시하는 것도 아니잖아. 나랑 있는 내내 생각하고 있었던 거 아니야? 나야말로 어떻게 해야 될지 모르겠다…."

"대화가 왜 이렇게 흘러가? 그래서 지금 헤어지기라도 하겠다는 거야?"

화가 나는 건 나였는데, 승민이 상처 받은 얼굴을 했다.

"오늘은 여기서 헤어지는 게 좋겠다."

답을 하기도 전에 승민은 자리에서 일어났다. 헤어지겠다는 건지, 그저 지금 이 순간만 피하고 싶은 건지 물어보기도 전에 가게를 나가버렸다. 이 무슨 황당한 전개란 말인가. 갑작스레 벌어진 상황에 한참을 멍하니 앉아 있었다. 이럴 줄 알았으면 집에나 붙어있을 걸. 카페는 왜 갔을까. 괜히 우는 여정에게 기어코 아는 척을 해가지고, 이 사달이 나버린 것만 같았다.

모든 일이 이런 식이었다. 큰일이 되지 않았을 일이 큰일이 되어버렸고, 삶의 방향을 뒤흔들어 버렸다. 태호와 헤어졌을 때, 이런 식의 전개는 내 인생에 더 이상 일어나지 않을 줄 알았는데, 어째서 갑자기 나타나 아니, 나타나지도 않은 채 내 인생을 흔들어 버리는 건지 모를 일이었다.

태호를 만나고 있을 때 점을 본 적이 있다.

점쟁이는 내가 자리에 앉자마자 당장 헤어지라고 했다. 내 인생에 하등 쓸모없는 놈이라고, 내게 나쁜 짓을 하지 않아도 내가 가진 기운을 전부 쏙쏙 빨아가는 놈이라고. 태호와의 관계 때문이 아니라 이직을 묻기 위해 찾아간 거였는데, 또다시 태호였다. 실제로 그를 만날 때 되는 일이 하나도 없었다. 놀랄 정도로 모든 일이 꼬였다. 온전히 그를 잊고 난 뒤에야 하나씩 돌아오기 시작했는데… 순식간에 엉망이 되고 말았다.

그런데 진짜 왜, 태호는 그런 짓을 한 걸까.

아무리 생각해도 답이 나오지 않았다. 그때였다. 식당 TV에서 나오는 드라마 대사가 내 귀에 콕 박혔다.

"갖고 싶으니까. 갖고 싶은데 가질 수 없다는 걸 알면, 사람은 무슨 짓이든 할 수 있는 거야. 그것만큼 사람이 미치는 게 없거든."

순간 소름이 돋았다.

사랑에 실패한 이에서 나오는 말이 아닌, 연쇄살인마 입에서 나오는 말이었으니까. 사람이 갖고 싶으면 무슨 짓이든 한다. 태호는 내가 갖고 싶었던 걸까. 갖고 싶은 걸 가질 수 없을 때 사람은 미친다지만, 궁금해서 미칠 것 같을 때에도 사람은 미치게 된다. 그러니까 기어이 내 장례식에 가겠다고 결심하는 것처럼.

*

753일.

태호와 2년 넘게 만나면서 우리가 함께 여행을 간 건 딱 한 번이었다. 웃긴 일이었다. 태호도 나도 여행을 좋아했고, 2년 동안 우리가 떠난 해외여행은 5번이 넘었다. 그러니까 각자 떠난 여행.

정확하게 말하면, 헤어져 있는 동안 우리는 어김없이 여행을 다녀왔고 다시 만났을 땐 이미 여행을 다녀온 후라 여행에 대한 감흥도 통장도 비어 있는 상태였다. 그런 일들이 쌓이면 동류의 인간을 만나는 게 꼭 성공적인 건 아니라는 걸 알게 된다.

충동적으로 부산으로 떠나기로 했던 그날, 휴게소에서 우리는 맥주 한 캔을 시켜놓고 가위바위보를 했다.

그러니까 누가 이 맥주를 마실 것인지.

기어코 차를 끌고 왔으니 누군가는 운전을 해야 했고, 단 한 사람만 누릴 수 있는 행운이었다. 한 치의 양보도 없이 삼 세판을 했었다.

일대 일. 마지막 판에서 나는 가위를 냈고, 태호는 보자기를 냈다.

가위바위보에 이기자마자 태호가 딴 소리를 할 수 없도록 맥주를 곧장 들이켰다. 그 모습을 빤히 보던 태호가 말했다.

"그렇게 이겨야 속이 시원해? 꼭 주도권을 잡아야겠어?"

주도권이 여기서 왜 나오는 건지 알 수 없었지만, 승리의 기쁨에 젖어 브이를 치켜들었다. 바로 그 브이로, 너를 이겨 먹었다고. 속이 시원했고, 주도권도 늘 내게 있었으면 했다. 단 한 번도 주도권을 가진 적이 없었으니까. 나는 늘 태호에게 졌다. 내게 거짓말을 하고 여자를 만났을 때에도, 아픈 나를 두고 친구 생일 파티에 갔을 때에도, 바쁘다는 말을 한 장소가 촬영장이 아니라 클럽이었을 때에도, 그 모든 사실을 다 알았을 때에도 나는 졌다. 그가 말을 돌리면, 어떻게든 무마하려고 하면 나는 기꺼이 눈을 감아줬다. 태호가 웃기만 하면, 얼렁뚱땅 포옹만 하면, 아무 일도 없었다는 듯 넘어갔다. 늘 뒤늦게 화가 났지만 그 순간만큼은 마음이 녹아내렸다. 멍청하게도. 그 때문에 작은 승리를 한껏 만끽했다. 마치 단 한 번도 주도권을 빼앗긴 적 없었던 사람처럼.

하필이면 장례식을 부산에서 하고 있는 게, 바로 그 때문일까. 내가 유일하게 이겨 먹었던 곳에서 나의 끝을 장식하려는 걸까.

테이블 위에 놓여 있는 맥주를 빤히 쳐다보다 이내 물을 마셨다. 무알콜 맥주라도 마실까 했지만 무알콜이 정말 무알콜인지 의심을 품고 있는 나로선 입에 댈 마음이 없었다. 살짝 고민이 되긴 했다. 혹여나 음주 단속에 걸리면 오늘 제가 죽어서요. 엉엉 울어버리면 되는 걸까. 그랬다간 유치장이 아니라 정신병원에 가게 될지도 모를 일이었다.

장례식에 가겠다 결심한 후, 고속도로에 진입했을 무렵 승민이에게 전화가 왔다. 자기가 오버를 한 것 같다며 사과하고 싶다고 했지만, 장례식에 가고 있다는 말에 그는 다시 실망하고 말았다.

기어코 거길 가는 거냐고. 대체 왜 가는 거냐고. 설마 아직 태호를 잊지 못하는 거냐고. 당장 차를 돌려서 서울로 오지 않으면 헤어진다는 걸로 알겠다는 말을 한 뒤 승민이 전화를 끊는 바람에 휴게소가 보이자마자 들어온 터였다. 그렇게 하필 들어온 휴게소가 태호와 들렀던 휴게소였다.

당연히 말도 안 되는 일이었지만 어쩐지 여기까지 오니, 스펙터클한 연애가 조금은 그리웠을지도 모르겠다는 생각이 들었다. 늘 불안하고, 무너질 것 같고, 부서질 것 같은 그 연애가 어쩐지 나를 살아있게 했다는 마음마저 들었다. 그 모든 미친 짓을 감당할 만큼 좋아했었으니까. 어쩌면 그 미친 짓 때문에 좋아한다고 착각을 했을지도 모를 일이지만 그런 건 중요하지 않았다. 모두가 안 된다고, 아닌 인연이라고, 점쟁이마저 반기를 드는 순간 어쩐지 꼭 지키고 싶어졌으니까. 정말 안 되는 건지 확인하고 싶었으니까.

인정하고 싶지 않았지만 인정할 수밖에 없었다.

태호만큼이나 나 역시 정상이 아니라는 걸.

태호 역시 알고 있었을 거다. 이 정도 미친 짓이 아니었다면 내가 움직일 일이 없다는 것을. 어쩌면 그야말로 나를 가장 잘 알고 있는 이일 지도 모른다. 마음이 급해졌다. 승민이의 마음을 달래기 위해 차를 돌릴 순 없었다. 나의 장례식에 한 시라도 빨리 다다라야 할 것 같았다.

*

장례식장 앞은 고요했다.

급하게 오는 바람에 검은 정장은커녕 추리닝 차림이었다. 진짜 장례식도 아니고, 나의 가짜 죽음이니 상관없겠지만, 여기까지 오자 이상하게 거슬렸다. 태호는 분명 장례식에 그러고 온 거냐고 기어코 핀잔을 주고 말 테니까. 거기까지 생각이 이르자 당장 뛰어 들어가고 싶은 마음이 쏙 사라졌다.

무슨 말을 해야 할까. 화를 내야 하나. 뒤집어엎기라도 해야 하나. 아니면 눈물의 상봉식이라도 해야 하나.

장례식장 앞에서 끊었던 담배를 사와 한 갑을 피운 후에야 들어갈 용기가 생겼다. 솔직히 말하면 용기라기보다는 니코틴이 폐에 가득 차는 느낌에 금방이라도 토할 것 같아 화장실로 뛰쳐 들어가야만 했다.

결국 장례식장 화장실에서 변기를 붙잡고 헛구역질을 한참 한 후에야 정신이 들었다.

아무래도 잘못된 선택인 것 같았다.

"난 이렇게 될 줄 알았어. 끝이 안 좋을 줄 알았어."

헤어질 때마다 나는 끝이 안 좋을 줄 알았다고 말했었다. 처음부터 맞지 않는 관계였다고. 그 말을 뱉고 나면 태호는 늘 화를 냈다. 자기를 왜 만난 거냐고, 자기가 스토커라도 되냐고, 억지로 내 옆에 너를 앉혀둔 거냐고. 그러거나 말거나 나는 한참 동안 불길한 예감에 대해 떠들어대곤 했었다. 동시에 다시 만날 때마다 우리는 단 한 번도 싸우지 않았던 것처럼 웃으며 마치 어제 만난 사람처럼 굴곤 했다. 별것 아닌 얘기에 서로가 만나는 사람이 없다는 걸 은연중 떠보고 그 사실을 알 게 되면 안심했다는 듯 본격 연인 관계로 돌입했다. 다시 만나자는 말 따윈 필요 없다는 듯. 물론 헤어질 때가 되면 또다시 그 새로운 시작을 원망하곤 했지만.

이번에도 마찬가지 아닐까.

정성스레 미친 짓을 해서 다시 만난다고 해도, 장례식 따윈 한 번도 치르지 않았던 것처럼 웃어넘긴다고 해도, 일상으로 들어선 순간 결국 이럴 일이 아니었다고, 그때 만나는 게 아니었다고, 도망가야 한다는 신호였다고 하지 않을까. 다시 만난다고 해도 잘 되지 않을 터였다. 여전히 우리는 평행선을 그릴 테고, 절대로 서로를 이해하지 못할 거다. 서로를 원했다는 사실만 죽도록 원망하게 되겠지. 그런 반복은 이미 할 만큼 하지 않았나. 지금이야말로 나라도 정신을 차려야 하는 순간이었다.

결국 돌아가기로 마음먹었다.

이상한 놈이다. 피해야 된다. 당장 도망치자. 그렇게 돌아서는 순간 익숙한 목소리가 나를 붙잡았다.

"주하야. 네가 어떻게 여길…."

고개를 돌리니 검은 양복을 입고 있는 태호가 보였다.

헤어졌을 때보다 구릿빛 피부가 되어 있었고, 살은 조금 빠진 듯했다. 많이 울었는지 눈이 충혈되어 있었다.

도망쳐야 한다는 마음이 순식간에 사라졌다.

"어떻게 안 거야?"

"여정이랑 마주쳤어."

"여정이? 아… 그랬구나. 미안하다."

힘없이 사과하는 그를 보니 화를 내겠다는 마음이 쏙 사라지고 말았다. 결국 한숨을 내쉬었다. 또 이렇게 되는구나. 화를 내겠다고 단단히 다짐하고 따지기 위해 만난 순간, 그의 표정을 보며 다시 한번 지고 마는 그 패턴이 이렇게 반복되는구나, 힘이 쭉 빠질 때였다.

태호 뒤로 여자의 사진이 보였다.

단발머리에 활짝 웃고 있는 여자의 영정 사진이. 그리고 그 앞에 '반주하'라고 분명하게 적힌 고인의 이름이. 그리고 주하야 부르짖으면서 울고 있는 사람들이. 그 사진 속 인물은 내가 아니었다.

"와줘서 고마워. 밥이라도 먹고 가. 멀리 오느라 힘들었겠다…. 근데 우리 주하랑 아는 사이였어?"

그 순간 폰이 울렸다.

- 죽은 반주하 너 아니래. 오후에 들었는데 바빠서 깜박했네. 진짜 무슨 이런 우연이 다 있냐.

여정에게서 온 메시지였다.

대체 왜 내가 울어야 하는 건지 알 수 없었지만 눈물이 주르륵 흘러나왔다.

연애불변의 법칙

하선영

리디북스에서 오리지널 웹툰 〈변화한 셈입니다〉를 연재했다. 한중일 신인만화가 콘테스트에서 한국 대표로 선발되어 동상을 수상했다. 현재는 중앙대학교 문예창작학과 박사과정을 수료하여, 예원예술대, 한양여대, 영진전문대에 출강하고 있다. 한사람 프로젝트의 표지디자인을 맡고 있다.

"돈 벌고 싶어서 지원했다는 말을, 뭘 그리 줄줄이 쓰라는 건지 참!"

작은 화면으로 송출되는 축구 경기만 뚫어져라 쳐다보고 있던 형곤에게 이태는 술잔을 들이밀며 말했다. 가득 찬 이태의 술잔이 핸드폰 화면을 가리니, 형곤은 마지못해 술잔을 들었다.

"그러니까! 짠해, 짠! 그동안 자소서 쓰느라 고생했어."

도히는 기다렸다는 듯 잔을 부딪치며 말했다. 세 사람이 부딪친 잔은 아까부터 아무 말 없는 형곤에게 압도적으로 가까웠다.

이태는 형곤의 눈치를 살피며 자신이 한 말 중 실수가 있었는지 되짚는 것 같았다.

참 오래도 만나네, 얼마나 됐지? 너도 너지만, 도히도 참 대단하다. 어디서 이런 여자를 만나냐, 넌 인마 복 받은 줄 알라는 등의 면박을 빙자한 칭찬이 오갔다. 그러나 이태의 눈은 허공을 헤매며 무언가를 생각해 내려 애쓰는 듯 보였다.

"리태 오빠는? 주식 공부한다던 거 잘 돼가?"

이럴 거면 처박혀있을 것이지 왜 왔어? 생각의 마침표를 끝낸 도희는 한숨 섞인 질문을 던지며 불편한 침묵을 깼다. 리태는 이태의 대학시절 생긴 별명이었다. 그러고 보니 형곤을 안 시간만큼이나 이태와의 인연도 깊어졌음을 새삼 깨달았다. 형곤은 헛기침을 하며 핸드폰을 주머니에 넣었다.

"아, 어! 이번에 나름 고심해서 분석했던 곳이 조금 올라서 재미 좀 봤어. 운이 좋았던 것 같아."

이태는 저도 모르게 손사래를 치며 사족을 붙였다.

"사장 아들이 무슨 공부를 해?"

재채기처럼 내뱉어진 형곤의 말에 순간 정적의 기운이 돌았다. 형곤은 재빨리 계란말이를 집으며, 아버지 사업 물려받을 건데 굳이 왜 하는지, 단지 궁금해서 물어본 것뿐이라 덧붙였다.

"그건 그거고 이건 이거지. 난 내가 좋아하는 것도 못 하냐."

사족 없이 단호한 이태의 말에 형곤은 적잖이 놀란 것 같았다. 그럼에도 이태는 형곤의 눈을 흔들림 없이 응시했다.

"아니, 리태오빠는 왜 그래? 아까부터 내내 자랑질이야 진짜."

도히는 일부러 더 조잘대며 말했다. 늦은 밤이라 골목이 한산했지만, 도히의 말소리는 명동 한복판을 연상케 했다.

"에이! 자랑은 무슨, 걔가 언제 자랑을 했다 그래."

의외로 차분한 형곤의 어투에, 허공을 헤매던 도히의 눈이 형곤의 눈치를 살피며 조금은 갈 곳을 찾았다.

"아까도 그래. 어차피 아버지 사업 물려받아서 일할 텐데 왜 그런 감수를 하냐, 주식으로 돈 잃는 사람 많으니까 오빤 걱정돼서 한 말인데! 막 정색하고!"

형곤은 여유로운 미소를 지으며 도히의 등을 쓸어내렸다. 어리광 같은 심술을 부리며 그의 기분을 풀어주려 한 나름의 작전이었지만, 마치 자신이 철없는 여동생이 된 것 같았다. 그럼에도 형곤의 기분이 풀어진 대목은 아무래도 '어른스럽고 포용력이 넓은 선배' 포지션이 아니었을까, 도히는 뒤늦게 깨달았다. 분명 맨 처음 본 형곤은 그런 모습이었던 것 같기도 했다. 그에 반해 도히는 숫기가 있지도 없지도 않은 평범한 1학년 대학생이었다.

"아, 저… '희'가 아니고, '히', 도히예요."

도히는 '희'라고 쓰여 있는 자신의 이름에 열심히 손가락으로 '히'자를 그리며 설명했다. 축제 참석 명단을 작성하던 형곤은 '주막 홍보'란에 잘못 적은 도히의 이름을 두 줄로 그었다.

참석 명단이라 쓰여 있지만 1학년은 모두 강제 참여인 탓에, 각자 어떤 분야를 담당할지 정해야 했다. 동기들의 불만은 여기저기서 터져 나오며 부당함을 토로했지만, 그 목소리는 들리지 않게 쑥덕이는 정도였다. 과대인 형곤은 평소 카리스마와 리더십이 있었다. 또 180이 훌쩍 넘는 키와, 재수로 인해 한 살 많다는 지점이 자연스레 예의를 갖추게 했다. 도히는 그런 형곤의 모습을 보며 부당함의 목소리가 닿지 않는 이유를 새삼 알 것 같았다.

"너 홍보 잘해?"

두 줄로 그어진 도히의 이름을 다시 적던 형곤은 건조하게 물었다.

"그건 아니지만, 다른 곳은 꽉 차서요. 그냥 아무 데나 넣었어요."

고개를 숙이고 이름을 적던 형곤은 그제야 도히를 올려다보았다. 멀찍이서 형곤을 바라보던 도히와 처음 눈이 마주친 순간이었다. 그것이 형곤과의 첫 대화였다.

학년별 계급 시스템이 존재했기에, 학과에서 이제 막 입학한 1학년은 선배들의 강압적 지시를 이행할 수밖에 없었다. 동기들의 불만과 미움은 자연스럽게 과대인 형곤에게 돌아갔다. 도희는 부당하게 시킨 선배들에겐 감히 말 못하고 만만한 게 과대인, 치사한 것들의 분풀이라 생각했다. 개중에도 역겨운 것은 나름의 타당한 논리를 구사하며 여론몰이를 하는 것들의 한마디,

"재수생이면 2학년들이랑은 동갑이잖아. 대신 말해줘야 하는 거 아냐? 과대면…."

애초에 과대를 한 것도 고작 나이가 많다는 이유에서였다. 승부나 투표를 해서 맡은 것이 아닌, 절대다수들의 벼랑 끝으로 떠밀기 작전이었다. 형곤은 억울하고 난감해 보였지만, 안 그래도 주목받는 재수생 신분이 더 이상 유별나게 보이고 싶지 않은 듯했다.

재수한 걸로 치면 저기 저 사람도 후보에 올랐어야 하는 거 아닌가…?

도희는 남 일이라는 듯 멀찌감치 떨어져 있는 이태를 힐끔거리며 생각했다. 그는 키 성장을 촉진시켜준다고 광고한 것만 같은 높은 운동화에 깔끔하게 다림질 된 체크 셔츠를 입고 있었다. 셔츠는 언제나 목 끝까지 잠그고 다녔으며, 항상 나가 받는 전화는 엄마인 것 같았다. 똑같이 재수해서 들어온 과대 형곤과는 매우 거리가 멀었다.

지금과는 분명 달랐었지…. 도희는 10년 전 처음 만난 형곤

과 이태를 떠올리며 생각했다.

평소 형곤은 발가락을 훤히 드러내는 슬리퍼 차림으로 자주 등장했다. 오늘은 웬일인지 반스 스니커즈를 신고 나왔다. 때는 묻어있지 않았지만, 세탁을 자주 한 탓에 고무신처럼 납작해져 있었다. 10년 전까지만 해도 이렇게 될 줄은 몰랐는데….

저도 모르게 든 생각에 도히는 걸음을 멈췄다.

"잘 될 거야."

도히는 속죄하려는 듯 형곤에게, 그리고 또 자신에게 이야기했다.

"도히야 오늘 자고 가라. 내일 별일 없지?"

"요즘은 그거 안 하지…?"

적잖이 정적이 흐를 즘, 어디선가 진동이 울렸다. 가방 속 울린 핸드폰을 황급히 찾던 도히는 수신인을 보더니 잠시 고민했다. 폰에는 선명히 '팀장님'이라 쓰여 있었다. 도히의 회사는 작은 디자인 업체로, 인쇄물이나 홍보물 등을 주로 제작해 주는 일을 했다. 회식만 했다 하면 일장 연설에 나 때는 안 그랬다는 둥, MZ가 문제라는 둥 떠들어대는 대표 덕분에 예전에는 열정이 넘치는 분위기였다는 것을 짐작할 수 있었다. 그러나 어째서인지 대표가 말하는 그때의 심복들을 지금은 찾아볼 수 없었다. 애초에 대표가 말하는 열정 넘치던 팀원은 단 한 명도 남지 않았다. 팀장 역시 들어온 지 5년쯤 되었기에 그 옛날 일원은 아니었다. 같은 말만 대여섯 번 하는 대표를 보면 왠지 그 이유를 알 것도 같았다. 지금의 팀장은 대표처럼 열정을 강요하거나, 개인의 사적인 감정을 내비치는 일은 결코 없었다. 팀원들은 그를 좋은 선임이라며 잘 따랐지만, 도히는 애정이 없으니 감정 또한 격해질 일이 없는 것이라 생각했다. 즉, 관심이 없는 것에 가까웠다. 그러니 금요일 밤에 전화가 오는 건 도저히 말이 안 됐다.

"네?! 사, 상품권이요? 아… 얼마나요?"

멀찍이 떨어져 최대한 작은 목소리로 통화하던 도히는, 팀장의 말을 듣자 평정심을 잃는 것 같은 기분이 들었다. 내게 말도 없이 상품권이라니! 그런 말은 없었는데…? 일전에 논의된 이야기도, 들은 바도 없었다.

"아… 아무리 그래도… 그런 말씀은 없으셨잖아요."

침착함을 완전히 잃은 도히는 한 손을 이마에 짚으며 눈을 가렸다.

"네, 일단… 이따 다시 전화 드릴게요. 네네."

멀찍이 떨어져 있던 형곤은 핸드폰을 뚫어져라 보고 있지만, 귀는 도히에게 열려있는 것 같았다. 도히의 짐작이 들어맞기라도 하듯 천천히 다가왔다.

"…왜? 뭐래?"

연애불변의 법칙 129

"아니… 아…."

도히는 다음 말을 이어야 할지 고민했다. 그게 뭐가 됐든, 되도록 형곤의 앞에서 돈과 관련된 이야긴 하고 싶지 않았다. 특히 팀장과 얽힌 돈 이야기라면 더더욱….

도히가 고민하는 침묵이 길어질수록, 형곤은 새어 나오는 불안을 감추려 애썼다.

"팀장이 말도 없이 거래처에 상품권을 줬다네. 그런 거 요새 문제 될 수 있는데 나한테 미리 말을 안 해줬거든. 그것도 50만 원이나."

"난 또 뭐라고. 야! 일개 사원한테 팀장이 허락받고 어쩌고 하지는 않지! 왜 너랑 상의를 하겠냐? 다 이유가 있겠지, 이유가!"

하고 싶은 말이 터져 나오려 했지만, 구역질 나는 기분을 애써 삼켰다. 도히는 어쩐지 진절머리 나는 익숙한 대접이라 느꼈다.

*

"내가 왜 너랑 상의를 해야 해! 내 돈인데!"

대학교 3학년이 되던 해, 학생회장인 형곤을 도와 총무를 자처했던 도히는 회비 계산을 하고 있었다. 그런데 별안간 형곤이 화를 냈다. 도히는 그저 입출금 내역을 명확히 하려던 것뿐이었다. 형곤의 이름으로 된 계좌이지만, 같이 열람할 수 있도록 서비스된 모임통장을 몇 번이고 뒤진 결과 수상한 이름으로 잘못 인출된 금액이 있었다. 5만 원 단위의 돈이 빠졌다 채워졌다를 열댓 번, 최근에는 10만 원 단위의 돈이 어딘가로 인출된 기록이 있었다.

"그게 어떻게 네 돈이야?! 학생회비잖아!"

"아! 좀… 조용히 얘기해!"

하필 MT 가는 날, 하필 모두가 모인 휴게소에서, 하필 공금을 쓴 걸 들킨 학회장이라니. 자신이 잘못한 것도 없지만, 도히는 아차 하는 마음이 들어 주위를 살폈다.

"내가 채워 넣었잖아! 뭐가 문제냐고."

실제 기록을 보니, 빠질 때마다 반나절을 넘기지 않고 채워 넣은 흔적이 있었다. 채운 걸 보니 빼돌리려고 한 것은 아닌 것 같은데…. 공금을 마치 맡겨놓은 금고처럼 쓰고선 채워 넣었는데 어쩌라고? 식의 당당함을 보니, 뭐가 문제인지 모르는 것 같았다.

"됐고, 어디에 썼어? 5만 원, 10만 원씩 나간 것 보니까 생활비에 쓴 것 같진 않은데."

"이유가 있다고 좀… 애들도 보는데 그만하자, 어?"

형곤은 주위를 살피며 뒤돌아 걸어갔다. 언젠가 이태가 도히에게 한 말이 거짓이길 바랐다. 예전부터 이태는 관심 있는 분야라면 앞뒤 가리지 않고 파고드는 경향이 있었다. 스포츠를 배워보겠다며 여러 경기를 보고 룰을 익히더니, 종합 경기 분석 사이트까지 돌며 선수와 구단을 연구했다. 스포츠를 배우려면 일단 운동장이나 체육관을 가야 하는 것 아닌가? 의문이 들었지만, 이태가 하는 일에는 가벼운 법이 없었기에 그를 지켜보고 싶었다. 이태는 자신이 알게 된 지식에 대해 쉽게 떠드는 법이 없었다. 물어보면 가르쳐 주긴 했지만, 정치적 성향에 절여져있는 작은 노포 구석에 모인 아저씨들처럼 네가 맞네, 내가 맞네, 떠들지 않았다. 어느 날 햄버거를 자기가 계산하겠다며 나선 이태에게 우린 눈이 휘둥그레지며 웬일이냐고 물었다. 이태는 머쓱하다는 듯 목덜미를 쓸어내리며, 스포츠 토토를 통해 내걸었던 경기가 이겼다며 열심히 분석한 보람이 있다고 말했다. 늘 셋이 다니지만 이태와는 다른 종족이라며 전혀 관심 없던 형곤이, 찰나의 순간 지었던 그 표정은 처음 보는 어떤 것이었다.

  단가 계산이 안 맞아 계산기와 씨름하던 어느 날, 도히에게 다가와 이체 내역을 살피던 이태의 미간이 살짝 찌부러졌다. 언제나 평온을 유지하는 이태의 얼굴이 구겨질 정도면 무언가 큰일이 벌어진 것이 틀림없었다. 어쩐지 형곤은 요 근래 핸드폰에서 눈을 떼지 못했다. 틈만 나면 핸드폰으로 스포츠 경기를 보곤 했지만, 경기를 분석하며 사이트를 뒤지던 이태와 다르게 경기 관람만 하는 그를 보며 의심할 생각은 하지 못했다. 그저 새로운 취미가 생겼나 보다 했을 뿐.

그거 도박이라고! 알아? 그것도 네 돈도 아닌 공금으로.

도히는 멀어져 가는 형곤의 뒤통수에 나지막한 한마디를 던지고 싶었지만, 속으로 삼켰다. 형곤의 자존심을 긁는 한마디를 던지면 정말 헤어질 것 같았다. 정말 몰라서 저렇게 구는 건지, 잘못을 아는 데도 적반하장으로 화를 내는 건지 알 수 없었다. 분명한 건, 헤어지기 싫어서 결국 속으로 삼키는 쪽은 언제나 도히였다.

*

투자로 그렇게 성공을 했으면 지가 낼 것이지….

이태가 잠시 화장실을 갔을 때 형곤은 술잔을 들며 나지막하게 속삭였다. 아무래도 옆에 도히가 있다는 사실을 잠시 잊은 것 같았다. 술집에서 형곤은 계산하려는 이태를 말리며 카드를 꺼냈었다. 계산대 앞에서 몇 번의 실랑이가 있었지만, 속으로는 아르바이트생이 이태의 카드를 들고 가주길 내심 바랬다. 낡고 오래된 이 포차는, 평소와 다르게 이른 시간부터 북적이며 몇 번의 테이블 회전을 거쳤다. 그러니 퇴근 시간만을 기다리며 한껏 지친 계산대 앞 아르바이트생은 당연하게도 형곤의 간절한 바람을 읽지 못했다. 카드를 앗아가던 아르바이트생의 무미건조한 눈빛에, 형곤은 닿지 않는 레이저를 눈으로 쏴댔다.

"도히야 오늘 자고 가라. 내일 별일 없지?"

"요즘은 그거 안 하지…?"

10년을 만난 도히는 형곤이 하는 말의 대부분을 어렴풋이 알 수 있었다. 거의 리스나 다름없던 둘의 연애에서 섹스는, 중요한 때 믿음을 확인하는 어떤 과정이었다. 형곤은 무슨 일이 생겼을 때, 균열된 관계에서 복구가 잘 되고 있는지 마치 확인이라도 하듯 불안한 마음을 육체로 달랬다. 도히는 그것을 알기 전까진 섹스리스인 그들의 관계에 불만을 토로했다. 그러나 좀처럼 움직이지 않는 형곤이 그 청을 기꺼이 들어줄 때면, 대체로 무언가를 잘못했거나, 그의 심신이 매우 불안정할 때였다.

도히는 자신의 품에 곤히 잠든 형곤의 얼굴을 밤새 어루만졌다.

도히가 눈을 떴을 땐, 새벽의 어스름이 창밖을 비추고 있었다.

천장을 보니 우리 집은 아니고… 어느새 형곤의 집에서 잠들어버린 듯했다. 아직 잠이 덜 깨어, 무거운 눈꺼풀에 몸을 뒤척였다. 잠든 형곤을 깨우지 않으려 최대한 몸을 천천히 움직였다. 술을 제법 먹었는데 코 고는 소리도 들리지 않는 걸 보니, 정말 곤히 잠든 것 같았다. 밤새 어두움에 적응한 눈이 형곤의 방을 더욱 밝아 보이게 했다. 침대의 맞은편에 놓인 장이 딸린 책상은, 도히가 이사 가기 전 버리려던 낡은 책상이었다.

저걸 아직도 쓰고 있었구나.

이사 가는 기분에 들떠있던 도히에게 자원을 낭비하면 안 된다는 둥, 너 때문에 내가 희생해서 들고 가는 거라는 둥, 당시 형곤은 온갖 잔소리를 했었다. 도히는 말은 안 했지만, 사실 네가 필요해서 들고 가는 주제에 왜 생색은 네가 내냐고 말하고 싶었다. 어릴 때부터 써오던 책상이라 높은 책장에는 온갖 낙서들이 가득했다. 맨 아래에는 무엇을 표현한 것인지 알 수 없는 크레파스의 지운 흔적, 조금 위에는 껌 씹고 남은 판박이 스티커 조각이 여기저기. 또 키를 잰 듯한 여러 선들이 그어져 있고, 그 위에는 달력을 붙였던 접착식 후크 자국이 순서대로 있었다. 도히는 마치 성장해 온 과정을 보는 것 같은 기분이 들었다.

어…?

시선을 따라 올라간 책장 위에서 도히는 익숙한 무언가를 발견했다. 단면에는 규격화된 꽃 그림에 GIFT CARD라 쓰여 있었다. 옆으로 돌아 누웠던 도히는 이내 천장을 바라보았다.

오전 4시 42분. 더듬으며 핸드폰을 찾아 홀더를 켰다. 밝은 빛에 눈이 반쯤 감겼다.

얼마 안 됐네… 라고 생각하던 순간, 잊고 있던 발표 날짜가 생각났다. 오늘은 형곤이 이력서를 넣었던 기업에 1차 합격자 발표가 나는 날이다. 물론 발표는 오후나 되어서야 나겠지만, 그래도….

'귀하께서는 합격자 명단에 없습니다. 죄송합니다.'

도히는, 촌철같이 쓰인 한 마디에 숨이 멎는 것 같았다.

'리태오빠'

핸드폰 화면에 눈을 떼지 못하던 도히는, 수신된 전화에 이내 정신 차렸다. 혹여나 깰까, 누워있는 형곤을 조심스레 살폈다. 도히는 무음 상태로 핸드폰을 꽉 쥔 채 천장만 바라보았다.

*

"이목구비가 존나 뭐랄까… 흐리태?"

금요일 밤, 주황색 불빛에 벽 낙서로 가득한 인테리어의 낡은 술집은 대학생들의 웃음소리로 가득했다. 술을 하지 못하는 이태는 가득 차 있는 맥주잔을 한 입씩 홀짝였다.

"아 재미없는 개그 좀 하지 마, 진짜~"

도히가 본 형곤은 어딜 가든 즐거운 분위기를 형성했다. 특히 2학년이 된 형곤은 후배들의 우상이 되며 곧잘 따랐다. 그리고 언젠가부터 그의 주된 이야깃거리는 이태가 되었다.

"오빠 진짜 그래서 리태인 거예요? 리태 선배 별명이 이목구비 존나 흐리태에서 나온 거라니."

후배 아영의 앙칼진 한마디에 여기저기서 웃음소리가 새어 나왔다. 남자들은 눈치 보며 한쪽 입 꼬리만 들었다 내렸다를 반복하는가 하면, 여자들은 자기들끼리 깔깔대며 대놓고 웃기 바빴다.

"야, 그만해. 리태 오빠 너네 선배잖아."

도히의 한 마디에 술자리 분위기는 얼음장같이 얼어붙었다. 이태는 연신 괜찮다며 손사래를 쳐댔다. 모두가 이태를 주목하자, 이태는 맥주잔을 들어 올리며 김빠진 맥주잔을 다 비워버렸다. 평소 보지 못했던 이태의 과한 액션이 통했는지, 분위기는 풀려 금세 어수선해졌다. 딱히 이태를 위하지도, 정의감에 영웅을 자처하지도 않지만, 아영의 무시하는 태도만큼은 가만두고 싶지 않았다. 형곤만 보면 밥을 사 달라질 않나, 웃을 땐 왜 그렇게 형곤의 팔을 쳐대는지, 또 실수를 가장해

오빠라고 부르며 깔깔대기 일쑤였다.

  술자리는 담배 타임과 편의점 타임, 그리고 화장실 타임으로 나뉘어 제각각 흩어졌다. 언뜻 봐도 아주 오래돼 보이는 노포 술집은, 여의치 않은 학생들의 주머니 사정을 고려해 안주가 매우 저렴하다는 장점이 있지만 화장실이 매우 불편했다. 남녀 화장실이 따로 분리되어 있어도, 불법 개조 공사를 예상케 하는 아주 좁은 공간은 한 명씩만 들어갈 수 있었으며, 여자화장실로 가기 위해서는 남자 화장실을 거쳐 아주 좁은 통로를 지나야 했다. 도히가 삐거덕거리는 문을 세차게 밀고 나갔을 땐 순번을 기다리는 이태가 서 있었다.

  야, 그만해. 리태 오빠 너네 선배잖아.

  아까 한 이야기가 머릿속에서 맴돌았다. 딱히 이태를 위해 한 행동은 아니었는데… 어쩔 줄 모르는 이태를 보니 괜히 그랬다는 생각이 들었다. 어색하게 인사하며 좁은 통로를 스쳐 지났다. 몸이 밀착되어 잠깐 닿았는데도 이태의 숨소리가 들리지 않는 걸 보니 숨을 참는 것 같았다. 이태가 무슨 말을 하려는 것 같아, 멈칫 뒤를 돌았다. 고맙단 말은 딱히 듣고 싶지 않았지만, 자신만큼은 술자리의 아영처럼 이태를 무시하고 싶지 않았기에 그가 하려는 말을 들으려 마주했다.

  "왜, 왜 그랬어…."

  도히는 이태의 말을 알아들을 수 없었다. 아니, 사실은 알고 싶지 않은 것에 가까웠다. 도히는 모든 것이 불쾌했다. 조롱거리였던 이태를 위해 기꺼이 영웅을 자처한 꼴이 되는 것이, 왜 그랬냐는 말속에 은근슬쩍 '바보 같은 날 위해줘서 고맙다'는 의미가 묻어있는 것이.

미안하다는 말보다 더 최악이라 생각했다.

*

"이제 그만하기로 했잖아."

"뭐가…?"

도히는 1인용 식탁 옆 접혀있던 작은 의자에 걸터앉아 물었다. 형곤은 이내 말이 없는가 싶더니, 두 손으로 얼굴을 쓸어내리며 지겹다는 듯 도히를 쳐다보았다. 도히는 바닥만 응시한 채 한참 동안 아무 말이 없었다.

"난 네가 대체 무슨 말 하고 있는지 모르겠다고 좀!"

도히는 선명히 기억했다. 몇 달 전 이태와 함께 만난 술집에서도 형곤은 어제처럼 경기가 이어지는 핸드폰 화면에 눈을 떼지 못했다. 이미 전적이 있던 형곤이기에 그가 스포츠 경기를 관람하는 것만 봐도 이골이 났다. 도무지 술자리에 집중하지 못하는 형곤의 모습에 자신의 불길한 예감이 잘못 짚은 것이길 바랐다.

도히는 오랫동안 형곤의 눈을 관찰했다. 언제나 싸움에서 패배를 선택하는 쪽은 도히였지만, 오늘만큼은 무언가 확인하고 싶은 사람처럼 형곤의 눈에서 무언가를 찾아 헤맸다. 형곤의 눈은 자주 깜빡이며 이리저리 흔들렸다. 꽉 쥐고 있어 형곤의 귀에는 닿지 않았지만, 도히의 핸드폰에서는 아까부터 진동이 울렸다. 수신 화면에는 '팀장님'이라고 쓰여 있었다. 전화를 받으려 자리에서 일어나자 형곤은 그제야 참아왔던 숨을 몰아쉬었다. 전화를 받으려 일어나 몇 걸음 걸었지만, 그리 넓지 않은 반경의 원룸은 베란다에 다다라도 형곤의 시야에서 벗어나기 어려웠다.

"…네. 팀장님. 저 월차 쓰고 집에 와서요. 아마 오늘은…."

통화를 마친 도히는 한숨을 내쉬며 핸드폰 화면을 내려다보았다.

괜찮아? 나 앞이야.

메신저 목록에는 이태의 걱정 어린 메시지가 가득 쌓여있었다. 베란다 문은 활짝 열려있었지만, 도히의 속은 어딘가에 갇혀있는 것만 같았다. 오랫동안 열지 않은 그 상자를 이제는 확인할 때임을 느꼈다.

"팀장님~"

조수석에 올라탄 도히는 이태를 팀장님이라 불렀다. 멍하니 차 안에 앉아 생각에 잠겨있던 이태를 깨우기에는 충분했다.

"팀장님은 무슨… 이제 이 핸드폰으로 전화할 일도 없겠다. 이야기는 잘 했어?"

"응 잘 했어. 무슨 생각을 그렇게 해? 난 눈 뜨고 자는 줄 알았네."

"그냥 뭐… 옛날 생각 좀 하느라. 너는? 정리할 게 많았어? 난 집에 간 줄 알고 내 폰으로 전화했는데… 안 받길래 그 집에 있는 것 같았어. 나 때문에 곤란했던 건…."

"미안. 많이 신경 쓰였지? 형곤이 오빠 집에서 내가 꼭 확인해야 할 게 있었거든."

"뭐길래 그래?"

"그냥…."

도히는 말끝을 흐리며 생각에 잠겼다. 형곤에게 자존심은 밥 먹는 것이나 혹은 그 이상의 어떤 것보다 훨씬 더 중요했다. 그런 그를 잘 알기에 꼭 확인해야만 할 것이 있었다. 아무리 자존심이 중요하더라도, 그것이 1번이라면 도히는 0번이어야만 했다. 도히는 간절한 마음을 안고 오래된 의자를 밟았다. 작은 의자를 딛고 도히가 일어서는 순간, 의자는 낡은 고철 소리를 내며 언제라도 무너질 것처럼 위태롭게 만들었다. 바닥보단 천장과 압도적으로 가까운 것이 일부러 손이 닿지 않는 곳에 둔 것임을 쉽게 알 수 있었다. 마침내 책상 위로 올라섰을 때, GIFT CARD라 쓰여 있는 봉투를 짚을 수 있었다. 도히는 봉투 안을 확인했다.

"구두 구겨 신었네?"
"응. 발 아파서. 이젠 이것 좀 버릴까 봐."
도히는 아무것도 없었던 빈 봉투를 계속해서 떠올렸다.

"이거… 어디 갔어?"
도히는 화장실에서 나온 형곤을 보자마자 의자에서 내려오지도 않은 채로 캐물었다. 짚을 때부터 종잇장 같던 봉투 안은 역시나 비어있었다. 형곤은 단숨에 달려와 도히가 갖고 있던 봉투를 낚아챘다.
"이거 별거 아니야!"
"안에 돈은… 어디에다 쓴 거야? 50만 원 정도 있지 않았어?"
"아니, 이번에… 아는 형님이 추천해 준 괜찮은 투자종목이 있어서 거기다 넣었거든? 이거 도박 아니고 진짜 투자 개념으로 하는 건데, 진짜 많이 올랐어!"
형곤은 눈을 반짝이며 이야기했다. 도히의 눈높이에 맞추려 허리까지 숙여가며, 자신의 투자종목이 얼마나 상한가를 기록하고 있는지 열심히 설명했다. 조금만 더 오르면 말하려고 했다는 말과 함께, 같이해보자는 제안을 했다.

위태로웠던 작은 의자에서 내려올 때 도히는 비로소 안심할 수 있었다. 도히는 이태의 차를 타고 한결 편안해진 얼굴로 형곤의 집을 떠났다.

철길의 끝

김은정

에디터로 일하면서 10년간 어린이들에게 문학을 가르친다. 영화 매거진에서 영화와 관련된 글을 쓰고 있다. 서울국제어린이영화제, 서울국제여성영화제, DMZ국제다큐멘터리영화제 등에서 기자로 활동하였으며, 이것저것 그때그때 재미있는 일을 하는 중에 웹소설을 3종 출간했으나 비밀에 부치는 중이다.

넌 어떻게 다 커서도 담을 못 넘냐?

내가 물으면 환이는 어차피 네가 열어 줄 거잖아, 하고 답했다.

환이는 겁쟁이였다. 혼자서는 담도 못 넘는 바보. 결국 나는 환이가 불쌍해져서 대문을 열어 주었다. 내게 욕이라도 퍼부었으면 좋았을 테지만 그 바보는 오히려 내 눈치만 봤다. 어릴 때도, 다 커서도.

그런 그에게서 전화가 올 줄은 상상도 못했던 까닭에 나는 대답 없이 핸드폰에 귀만 대고 있었다. 창밖으로 연신 덜컹거리는 기차 소리가 들렸다. 기차 소리도, 환이의 목소리도, 그가 전하는 내용도 비현실적이었다.

화영이가 죽었어. 그 단조로운 문장에 왜 여태 연락하지 않았느냐는 원망을 삼킬 수밖에 없었다. 환이의 목소리는 아득했고, 한순간이라도 집중하지 않으면 놓쳐 버릴 것만 같았다. 짧은 침묵이 흐른 뒤 나도 오늘 가야지, 하고 겨우 입을 뗐다. 환이는 잠시의 지연도 없이 물었다. 같이 갈래? 네가 불편할까.

불편했다. 일곱 살, 스물일곱 살. 이십 년의 간격을 두고 나는 그와 두 번 함께 살고 두 번 헤어졌다. 화영의 부고는 헤어진 후로 그에게서 처음 걸려 온 전화의 내용이었다. 장례식장에서 그와 얼굴을 마주해야 한다는 뜻이었다. 그것도 우리가 처음 함께 살았던 M시에서 말이다.

일곱 살 때 환이는 우리 집 2층에 사는 아이였다. 나와 동갑이지만 나보다 키가 한 뼘은 작았고, 달리기도 못했다. 대문이 잠겨 있으면 벽돌담 사이에 발을 끼워 넣어 담장을 훌쩍 뛰어넘곤 했는데, 그 애는 내가 담을 넘어 문을 열어줄 때까지 밖에서 기다리고만 있었다. 문을 열어 달라고 애걸복걸하는 환이의 질린 얼굴이 웃겨서 나는 한 번에 문을 열어 주는 법이 없었다. 담장 위에서 내려다보는 환이는 실제보다 더 작아 보였다. 담장에 등을 기대고 쪼그려 앉아 있는 모습은 꼭 유치원생이 아니라 세 살배기 아기 같았다.

우리는 같은 유치원을 다녔다. 동네에 유치원이라고 할 만한 데가 한 군데밖에 없었기에 아이들은 비둘기유치원을 다니거나 유치원을 안 다니거나 둘 중 하나였다. 때는 점심시간이었다. 환이와 나란히 앉아 밥을 먹는 나에게 선생님이 물었다. "너 주환이랑 같이 사니?" 나는 고개를 저으며 환이 쪽으로 시선을 돌렸다. 환이는 여전히 얼굴이 창백했고 크지도 작지도 않은 눈을 둥그렇게 떴다. 선생님은 원아수첩을 가지고 와서 주소를 한 글자 한 글자 확인했다. 나는 취조당하는 기분으로 우리 집 주소를 또박또박 발음했다. 214-14번지.

"그럼 왜 주환이랑 주소가 같니?"

"박주환 집은 주인집이에요."

나는 대학도 가기 전에 계층과 계급의 개념을 알았다. 거의 까막눈에 가까웠던 내가 몇백 페이지나 되는 자본론이니 계급론이니 하는 책을 읽기도 전에. 애들이 다 듣고 있는 데서 나는 환이와 나의 관계를 공포해 버렸고 그 순간부터 환이는 자본가, 나는 프롤레타리아의 자식으로 못 박혔다. 물론 일곱 살짜리 애들은 밥 먹는 데 정신이 팔려 우리 둘의 계급이 분명하게 나뉘는 순간에 관심도 없었겠지만, 선생님의 멸시인지 연민인지 모를 눈빛을 나는 목도했다. 환이는 아무런 대꾸도 없이 다시 고개를 숙인 채 연신 포크로 반찬을 헤집었다. 그 애는 매일 배가 아팠기에 나는 주인집 도련님을 살뜰히 챙겼다. 단지 주인집 도련님이어서는 아니었다. 우리가 철길 동네에 살아서 그랬다.

철길 동네 애들하고는 놀지 말라고 했다. 누구의 입에서 먼저 시작했는지도 모르는 그 말을 다들 쉽게도 내뱉었다. 차마 입 밖으로 꺼내지는 못하더라도 마음속으로는 생각하고 있을 터였다. 철길 동네에는 깡패들이 산다는데, 철길 동네에 사는 깡패가 대관절 어떻게 생겨먹었는가는 아무도 몰랐다. 아이들의 부모들은 대개 깡패가 아니라 노동자였다. 새벽의 박명이 희미하게 골목을 비출 무렵이면 비둘기색 작업복을 입은 아저씨들이 우르르 집을 나섰다.

딱 한 번, 아빠를 배웅한 적이 있었다. 푸르스름한 새벽빛과 주황빛 가로등 불빛, 그리고 길을 걸어가는 아저씨들 뒤로 길게 늘어지는 담배연기를 따라 걸었다. 대로변에는 근처 공단으로 노동자들을 실어 나르는 통근버스가 줄을 지었고, 아저씨들은 담뱃불을 탁 튕긴 후에 버스에 올라탔다.

아저씨들이 우르르 출근하고 나면 집집마다 부업거리가 담긴 노란색 플라스틱 바스켓이 도착했다. 그걸 내려다 주는 아저씨들의 인상이 제법 험했다. 그들을 보고 깡패들이 산다고 오해하지 않았을까 싶을 만큼. 깡패 같은 아저씨들이 물건을 내려다 놓으면 아주머니들은 오전 내내 철사를 구부리고 펴는 부업을 했다. 누구네 엄마는 철사를 하도 당겨서 손가락이 굽었다는데, 그 손으로 뜨개방에 모여 어린이들의 스웨터를 떴다. 손재주라고는 없던 우리 엄마도 내 모자를 떠 줬다.

철길 동네에는 하루에 두 차례 화물열차가 지나갈 뿐 여느 동네와 다를 게 없었다. 아무런 특징도 없는 동네 아저씨들이야 숱하게 봤어도 깡패는 구경도 못했다. 비슷한 또래의 아이들이 골목마다 우글거리며 뛰어다녔고, 페인트를 칠한 대문, 벽돌집 주위로 제법 큰 슈퍼, 약국, 병원, 시계방까지 갖추어진 평범한 동네였다. 철길 옆으로는 선분홍색의 붓꽃이 피고 동네 초입에 들어서면 코가 싸해지는 냄새를 풍기는 파꽃이 뾰족하게 피어있었다. 가난한 집의 아이들과 덜 가난한 집의 아이들이 개화하기 직전의 도라지꽃 초록색 꽃망울을 팡팡 터뜨리며 천둥벌거숭이처럼 뛰어다니는 동네에서, 뛰지 않는 아이는 환이가 유일했다.

환이를 제외한 철길 아이들은 멀리서 들리는 화물열차 경적 소리에 맞추어 자잘한 돌멩이를 선로 위에 길게 쌓았다. "새끼들아, 기차 넘어지면 책임질래!" 하는 어른들이 꾸중은 들은 척도 안 했다. 뽑기 기계를 발로 걷어찬 뒤 우르르 쏟아지는 플라스틱 공을 함부로 주웠으며 이따금 트럭 뒤에 매복해 있던 놈들이 비비탄을 쏘아 대면서도 죄책감 같은 건 없었다.

저녁이 되면 동네에는 술에 취한 아저씨들의 고성이, 술에 취한 아저씨들에게 두들겨 맞는 아줌마들의 비명이, 그걸 보고 놀란 아이들의 울음소리가 들렸다. 이 협주는 놀랍게도 대부분 한날한시에 이루어졌다. 술을 많이 마시고 싶은 날이, 술을 마시면 여자를 때리고 싶은 기분이 드는 날이 정해져 있는 것이었는지도 모른다.

우리는 모두 그저 그런 집 아이들이었다. 환이네도 주인집이라는 계급적 특징을 제외하고는 우리와 사정은 비슷했다. 술을 마시고 고성을 지르며 살림살이를 부수는 소리, 환이와 환이 엄마가 우는 소리에 엄마는 텔레비전 볼륨을 조금 높였다. 나는 자는 척 이불을 뒤집어쓰고 아빠가 집에 오기를 기다렸다.

다음 날이 되면 환이 아빠는 양복 차림에 머리를 반듯하게 빗어 넘긴 모습으로 계단을 내려왔다. 가끔 엄마나 나와 마주치면 가볍게 묵례하며 지난밤에 소란스럽게 해드려 죄송하다고 사과했다. 엄마는 어색하게 웃으며 일 층에서는 아무 소리도 안 들리던데요, 하고 거짓말을 했다. 214-14번지에는 술을 마시고 집에 오지 않는 남자와 술을 마시면 성실하게 집으로 돌아와 가솔을 패는 남자가 살았다. 운명적인 만남이 아닐 수 없었다.

철길 동네에서 화영은 낯선 존재였다. 초등학교에 입학하면서 철길에 살지 않는 친구를 처음 사귀어 본 나는 화영을 졸졸 따라다니는 것도 모자라, 철길에까지 초대했다. 겨우 쫄바지나 입은 우리와는 달리 노란색 레이스 원피스, 흰색 타이츠 차림으로 철길을 딛고 선 화영의 모습은 대낮에 핀 달맞이

꽃 같았다.

　화영은 늘 비현실적이었고, 또 이질적이었다. 마지막으로 들었던 그의 소식은 파혼이었는데, 화영이 결혼한다는 말을 들은 지 얼마 되지도 않았을 때였다. 화영의 남편 될 사람이 술만 마시면 손찌검했다는 이야기가 편도 네 시간 거리에 사는 내 귀에까지 들릴 정도로 그들의 파혼은 제법 떠들썩했다. 그 이후 처음 듣는 소식이 죽음이라니, 화영은 여전히 때에 안 맞게 핀 꽃을 떠올리게 했다.

　검은색 티셔츠를 입었다가 격의 없어 보일까 싶어 레이온 소재의 블라우스로 갈아입고 거울 앞에 섰다. 운동화에 발을 막 꿰고 있을 때, 환이로부터 다시 전화가 걸려 왔다. 왜 또 전화했느냐는 물음에 그는 어떻게 갈 거냐고 되물었다. 고속버스를 예매해 두었다고, 장례식장에서 보자고 서둘러 전화를 마무리하려다 예의상 너는 어떻게 갈 거냐고 물었다.

　"나는 차 가지고 가지. 휴게소 들러야 하니까."

　그가 당연한 걸 묻는다는 식으로 대답했다. 그러고 보니 그랬다. 그와 함께 어디론가 갈 때면 그는 고속도로에 있는 모든 휴게소에 도장을 찍듯 들렀다. 환이네 집 셋방에서 이사 나간 후 그를 다시 만난 장소 역시 휴게소였다. 당시의 남자 친구와 함께 고속버스를 타고 어디론가 가는 중이었다. 아마 여름휴가 비슷한 것으로 기억한다. 휴게소에 내리자마자 나는 흡연

철길의 끝　153

구역부터 찾았다. 담배가 아니라 흡연하는 사람까지도 태워버릴 듯한 열기에 겨우 그늘을 찾아 라이터 휠을 굴리던 때.

 죄송하지만, 불 좀 빌려주실래요?

 낯선 목소리가 내게 말을 걸었다. 흡연자가 널렸는데 굳이 여자에게 다가와 말을 거는 남자가 한심했지만, 불이 없다는데 어쩌겠는가. 남자의 얼굴을 제대로 보지도 않고 라이터를 건넸다. 몇 번 딸깍거리는 소리가 이어지더니 남자가 내 어깨를 툭툭 쳤다. 그마저도 한심스러워 어깨를 털며 왜요, 하고 고개를 돌린 순간이었다.

 어?

 난 너 바로 알아봤는데.

 환이였다. 그에게서 어릴 적 모습을 찾아내기란 어렵지 않았다. 우리는 호들갑을 떨며 핸드폰 번호를 주고받았다. 꼭 다시 보자는 의례적인 인사와 함께.

 여름휴가가 기억나지 않는 이유는 아마 환이 때문일 것이다. 여행지에서 뭘 먹었는지, 뭘 봤는지, 남자 친구와 밤에 섹스를 했는지 아무것도 기억에 남지 않았다. 오직 휴게소에서 환이를 만난 기억뿐이었다. 여전히 비실비실하고 멀건 얼굴의 그 남자애를, 내가 뭐라고 그 남자애를 걱정했다. 환이에게 라이터가 있었다는 건 나중에야 알았다.

*

  화영의 빈소는 지하 1층이었다. 왜 빈소는 죄다 지하에 있을까. 그러지 않아도 어차피 땅속으로 들어가야 하는데. 1층에서 '근조(謹弔)'라 적힌 봉투를 찾아 부조금을 넣고 엘리베이터를 탔다.

  타이밍을 잘 맞추었는지 빈소는 고요했다. 초등학교 동창회라도 열렸으면 어떡하나 걱정한 게 무색할 정도였다. 김화영이라는 이름 양옆에 사이좋게 자리 잡은 고(故) 자와 향년 37세라는 글자가 어울리지 않았다. 바로 옆 빈소 주인의 이름 옆에 붙은 '98세'와 대비되어서 더욱이 기이했다.

  조용히 조문만 하고 나갈 생각이었기에 조용히 운동화를 벗었다. 헤진 엄지발가락 부근에 살이 살짝 드러나 있어 반대 발로 양말 끝을 지그시 밟고 빈소로 들어갔다. 귀 뒤로 머리카락을 넘긴 여권 사진이 영정사진으로 놓여 있었다. 그의 유가족은 내가 누구인지 모른다는 듯이 맞절했고, 나 역시 내가 누구라고 밝히지 않았다.

  일부러 직장인들이 출근해 있을 시간에 도착했는데도 몇몇 안면 있는 얼굴들이 알은체를 했다. 눈이 퉁퉁 부어 엉망인 얼굴로 선경이 손짓했다.

  "이게 몇 년 만이야? 이리 와. 이쪽에 앉아."

굳이 팔을 잡아끌기까지 했다. 이런 일로 만나서 유감이긴 해도 반갑다, 야. 선경은 눈물을 훔치며 싱긋 웃었다. M시는 인구 십만의 소도시였기에 비슷한 연배에서는 하나 건너 다 아는 사이였다. 우리가 같은 테이블에 앉아서 마주 보고 밥 먹을 만큼 친했던가. 그런 의문은 떠올리지도 않는 편이 나았다.

"간이 안 좋았대. 술 마신 사람은 따로 있는데 왜 화영이가 아파. 너무 억울하지 않아?"

선경이 목소리를 낮추며 비난했다. 누가 들을세라 주변으로 눈동자를 한 바퀴 돌리며 눈치를 보더니, 보험이 얼마나 중요한지 한참 얘기했다. 화영이도 보험을 많이 넣어 둬서 그나마 다행이었다고, 나도 이름을 아는 초등학교 동창이 보험을 한다는 이야기부터 줄줄이 그네들의 근황을 떠들어 댔다. 이제는 내 머릿속에서 지워진 이름들이 그의 입에서 떠올랐다가 금세 사라졌다. 누구 신랑이, 누구 아들이, 누구 시모가, 하는 이야기들에 흥미를 잃어갈 때쯤이었다.

"걔도 온다더라."

"대단하네. 나 같으면 안 왔다."

"아니지. 아무리 헤어진 사이라도 얼굴은 비추는 게 도리지."

그것도 그러네. 혜진의 맞장구가 이어졌다. 그들의 목소리가 서서히 멀어졌다. 나는 조용히 소주를 따랐다. 그사이 장례지도사가 제삿밥을 차려 들어와 제를 치렀다. 화영의 부모는 넋을 잃은 듯 울지도 못하고 벽에 기대앉아 있었다. 자녀상의 무게는 차마 가늠할 수도 없는 것이라, 우리는 숨을 죽이고 제가 끝나기를 기다렸다.

정적은 누군가의 도착으로 깨졌다. 선경이 눈짓한 곳을 돌아보지 않아도 환이가 왔음을 알았다. 우리가 언젠가 다시 만나게 될 거라고는 생각해도 이런 곳일 줄은 그도, 나도 예상하지 못했다. 마치 고속도로 휴게소에서 마주쳤을 때처럼.

"주환아. 우리 화영이 어떡하니. 우리 화영이 불쌍해서 어떡하면 좋아."

"죄송합니다."

"죄송이라니. 그런 말 하지 마. 너라도 있어서, 응? 엄마는 네가 와서 숨통이 좀 트여. 주환아, 참. 너 밥은 먹고 왔니? 일단 밥부터 한 술 뜨고…."

넋이 나가 있던 아주머니는 그의 등장만으로도 서러워지는지, 그의 어깨를 붙잡고 한참이나 울었다. 그러고서는 갑자기 밥을 먹여야 한다며, 벌게진 눈으로 나왔다. 환이를 붙잡고 테이블에 앉은 이들에게 소개까지 했다. 여기가 사돈 맺기로 했던 박 사장네 아들이라고. 박 사장 닮아서 인물도 좋고 성격도 참하다고.

참 이상한 일이었다. 환이네 아빠는 성격이 전혀 참하지 않

철길의 끝 157

앉고, 아주머니는 철길 동네 애들을 싫어했는데 말이다. 환이는 철길에 살아도 나와는 태생부터 달랐기 때문이었을까. 나란한 철길에서도 그와 나의 기울기는 달랐다.

공교롭게도 환이와 같이 살던 동네도 철길 옆이었다. 그러니까, 두 번째로 같이 살던 동네.

우리는 또 한 번 주소를 공유했다. 휴게소에서 우연히 마주친 뒤, 내가 먼저 그에게 만나자고 연락했다. 우리는 생각보다 가까운 곳에 살았다. 언제 만나자는 약속을 잡다 그럼 지금? 콜. 운명이라고 믿을 만큼 순순하게 집 근처 편의점에서 그와 마주 앉았다.

2층으로 올라가는 계단에 살던 고양이 가족과, 고양이가 눈을 형형하게 빛내면 내가 무서워서 집에도 못 갔다는 이야기를 그에게서 들었다. 나도 기억하지 못했던 내 어린 시절의 장면을 그는 사진을 인화하듯 하나하나 꺼내 놓았다. 싸구려 반지가 하수구에 빠졌던 것과 대문 앞에 자빠져서 코가 깨졌던 일부터 운동회를 하면 내가 1학년 때부터 6학년 때까지 일 등을 거머쥐었다는 나름의 자랑스러운 일화까지.

넌 그런 쓸데없는 것까지 전부 다 기억해?

네 말대로 나는 달리기도 못 하는데 할 수 있는 게 뭐 있겠어. 너 보는 거 말고.

징그러운 소리를 하네.

우리는 술 한 방울 없이 밤새 웃었다. 새벽빛이 어스름히 비칠 때쯤 목이 칼칼하게 잠긴 채로 헤어졌다. 환이와 만나는 횟수가 늘어날수록 당시 남자 친구와 소원해지는 건 당연지사였다. 그러는 사이 더위가 가시고 찬바람이 불어오기 시작했다. 나는 자연스럽게 환이의 집에 출입했다.

난 네가 하자는 건 다 좋지.

그의 집에서 살아도 되냐는 물음에 환이가 대답했다. 마침 월세 계약 만기가 도래했고, 뉴스에서 늘 떠들어 대듯 집주인은 월세의 5%를 인상하겠다고 통보했다. 그는 방 한 칸을 비워 주었다. 나는 어떻게 무서웠던 아저씨 밑에서 환이 같이 유순한 아들이 나오는지 궁금했다. 아버지의 복제품이나 다름없는 내가 유전자와의 싸움에서 백전백패하는 동안 환이는 아저씨와는 다르게 술을 입에도 안 댔다.

술 마시는 사람 구경하는 거 재미없다던데. 너도 마실래?

나는 너 보고만 있어도 재미있는데.

난 재미없거든. 같이 마셔 주라. 딱 한 잔만.

마침내 환이가 처음으로 내 앞에서 술을 마신 날, 나는 환이에게 사랑한다고 고백했다. 환이의 허연 얼굴이 시뻘게지자 사실 여섯 살부터 너를 좋아했노라고, 네가 내 첫사랑이라고까지 지껄여댔다. 나는 환이의 손을 잡고 술이 넘치도록 채워진 수영장에 입수했다. 풍덩, 빠지는 소리는 단 한 번이었다. 우리는 그 안에서 마음껏 헤엄쳤다.

환이는 내가 술을 마시면 좋은 말을 많이 해 주어서 좋다며 내 잔을 채웠다. 나 역시 환이가 술을 마시면 솔직해져서 좋다며 그의 잔을 채웠다. 엿새씩 모은 소주 공병 스물네 개를 토요일마다 마트에 팔아 이천사백 원을 벌었다. 그 돈으로 다시 소주를 샀다. 퇴근이 기다려졌다. 집으로 돌아가면 환이와 담배와 술이, 식탁에 마주 앉아 술잔을 기울이는 행복이 두 팔을 벌렸다. 오늘은 딱 한 병만, 그러다 아니 각 한 병. 아무래도 좀 부족하지? 그러고 나면 식탁 위에는 속이 빈 소주 너덧 병이 나란히 줄을 섰다.

그럼에도 우리는 술을 마시고 집에 오지 않는 남자와 술을 마시면 가솔을 패는 남자와는 달랐으므로.

위를 보호한답시고 양배추로 안주를 만들어 먹고, 아침에 일어나면 마누카 꿀을 먹었다. 배앓이를 자주 하는 그를 위해 종류별로 유산균을 구비했다. 새벽녘에 일어나 공원으로 바뀐 옛 기찻길을 따라 5km씩 달렸다.

우리는 철길에 관해 말하지 않았다. 철길이라는 존재 자체가 우리 삶에 없었던 것처럼.

"철길이 아직 있나?"

선경과 혜진에게 물었다. 그들은 내가 조선시대 사람이라도 되는 것처럼 무슨 철길 같은 소리를 하느냐고 되물었다.

"왜, 철길 있잖아. 너희가 엄청 싫어했던. 거기 사는 애들은 다 깡패 새끼들이라고."

"야, 언제 적 얘기를 하고 있어. 그 철길 없어진 지가 언젠데. 그리고 어른들이 그랬지, 우리가 그랬나? 너 아직도 그런 헛소리를 마음에 담아 두고 사는 거야?"

이제 그런 거 없어. 철길 싹 밀고 대단지 아파트 들어왔잖아. 나랑 혜진이도 다 거기 살아. 아기 키우기 너무 좋거든. 단지 안에 어린이집도 있고. 우리는 분양받아서 들어갔는데, 집값이 어마어마하게 올랐다. 지금 들어오려고 하면 엄두도 못 내. 이 조그만 동네에서 무슨 집값이 이렇게 비싼지. 선경이 커피 땅콩을 씹으며 말을 이었다.

"화영이가 철길 좋아했는데."

"무슨. 화영이도 그쪽으로는 아예 발길도 안 돌렸어. 거기 무서운 애들 산다고."

"그랬나."

"그래도 화영이네는 철길 덕분에…."

뒷말을 흐렸으나 무슨 말을 하고 싶은지는 알았다. 아주머니는 꽤 오랫동안 재개발추진위원회 위원장이었다. 재개발 추진은 십 년도 더 걸렸다. 철길 동네가 대단지 아파트에 아이 키우기 좋은 동네가 된 데는 아주머니의 역할이 컸으리라. 아주머니는 철길을 밀어 버리기를 바랐으니까. 내가 철길 애들이랑 놀지 말라고 했니, 안 했니. 아주머니는 지저분한 화영의 뺨을 신경질적으로 문질렀다. 기차가 돌멩이를 밟고 지나간 자리에 남은 돌가루가 눈물에 회반죽처럼 뭉쳤던 모습이 떠올라 상황에 어울리지 않게 픽 웃음이 나왔다.

웃음을 참을 만큼 슬프지 않았다. 누군가의 죽음은 슬픈 감정을 불러일으켰으나 그게 화영이라서는 아니었다. 술기운 탓일지도 몰랐다. 더 마시다가는 아는 얼굴을 죄다 만나고, 또 별 영양가도 없는 이야기를 주절거리며 밤새 자리를 지킬 게 뻔했다.

곧 직장인들이 퇴근할 시간이었다. 나는 동창들의 얼굴을 마주할 생각이 없었다. 무난하고 평범한 유년을 보냈는데도 나는 M시가 싫었다. 화영의 엄마가 드라마 속 예비 시어머니처럼 내게 다시는 화영이랑 놀지 말라고 말한 뒤로 그 누구에게도 내가 철길 동네에 산다고 알리지 않았고, 사회에서 만난 이들에게도 M시와 관련된 이야기는 입에도 올리지 않았다.

지금도 굳이 철길 이야기를 꺼낼 필요가 없는데 술기운 탓에 입방정을 떨었다. 아침부터 신경이 잔뜩 곤두서 있는 데다 무려 네 시간이나 버스를 타고 이동하느라 고단했는지 술이 달았다. 죽은 사람을 보러 와서 할 말은 아니지만, 사실 술이 들어가니 좀 살 것 같았다. 더 실수하기 전에 엄지발가락이 곧 튀어나올 듯 아슬아슬하게 헤진 양말을 당겨 신고, 조용히 가

방을 들었다. 환이와 눈이 마주친 건 신발장 바로 앞에서였다. 빈소에 있던 환이가 내 쪽으로 성큼성큼 다가왔다.

"벌써 가려고?"

"응. 넌 발인까지 같이 있을 건가 보네."

"아니야. 안 그래도 지금 가려고. 아직 담배 안 끊었으면, 딱 한 대 피울 만큼만 기다려 줄래?"

그의 제안과 무관하게 담배를 피우고 싶었으므로 일 층으로 올라갔다. 후텁지근했다. 길거리에서 마주쳐도 알아볼 수조차 없는 내 또래, 아마 내 초등학교 동창일 남녀가 장례식장 안으로 들어갔다. 뒤이어 화영의 조문객인지, 98세 노인의 조문객인지 모를 사람들이 장례식장으로 서둘러 걸음을 옮기고, 또 누군가가 내 옆에서 몇 대의 담배를 피우고 나서야 환이가 얼굴을 문지르며 내 앞에 와 섰다.

*

버스 터미널까지 태워 주겠다는 말에 그의 차를 탔다. 십 년 전과 차종이 달랐기에 헤어진 연인 사이에 떠오를 만한 구차한 추억 같은 게 없어 다행이었다. 실례할게. 나는 나름대로 정중하게 인사한 후에 조수석에 올랐다. M시는 작은 도시였다. 동쪽 끝에서 서쪽 끝까지 차로 이동하는 데 한 시간도 채 걸리지 않았다. 한 바퀴를 돌아도 그럴 것이다. 터미널은 IC가 있는 동쪽에 있었는데, 하필 장례식장은 서쪽 끝이었다.

"예전에 살던 데 가 볼래?"

환이가 물었다. 내 대답도 듣지 않고 그는 일 차선에서 차를 돌렸다. 경로를 이탈했다는 내비게이션의 안내 음성이 섬뜩했다. 나는 전방으로 빠르게 바뀌는 도시의 풍경을 눈에 담았다. 아무런 발전도, 변화도 없이 사위어가는 도시였다. 과거 국가 경제를 견인하던 항구도시이자 중공업도시의 영광은 흔적도 없었다. 때 탄 비둘기색 작업복을 입고 줄지어 출근하는 아저씨들의 모습도, 우리 엄마를 비롯한 동네 아주머니들처럼 부업하는 여자들 역시 사라졌다. 그러나 은방울이니 수선화니 하는 꽃 이름의 단란주점 거리와 문틈으로 새어 나오는 진분홍 불빛만은 여전했다.

구도심을 벗어나자 과연 선경의 말처럼 철길 같은 건 흔적조차 없었다. 다닥다닥 붙은 이층집, 그사이에 기다란 대나무 깃발을 세워 둔 보살할매집, '어름있슴'이라고 써 붙여 두었던 얼음집, 머리에 이가 생기는 게 뭐냐고 물었더니 정수리에 이빨이 나는 거라 치과에 가야 한다고 거짓말을 했던 언니나 다리 위로 지나 아래가 뚫린 철길에 어린이들을 데리고 가서 담력 테스트를 시키던 오빠가 살던 집, 그리고 나와 환이가 살던 214-14번지를 집어삼킨 거대한 아파트만이 밝게 빛났다.

"희한하지. 아직도 이런 게 남아있더라."

환이가 손가락으로 어딘가를 가리켰다. 딱 한 뼘이나 될 만한 꽃밭이었다. 동네를 밀려면 다 밀어 버리지, 뭐 하러 손바닥만 한 도라지꽃밭을 남겨 놓았을까. 한때 너무 높아서 뛰어넘을 수도 없을 줄 알았던 철조망은 기실 내 허리만큼도 안 되는 높이였다.

나는 아직 꽃망울을 터뜨리지 않은 꽃봉오리에 조심스레 손을 뻗었다. 꽃망울이 손끝에 닿았다. 조금이라도 손에 힘을 주면 으스러져 버릴 것처럼 연약했다. 귓가에 꽃망울 터지는 소리가 조그맣게 들렸다. 바스락거리며 흙을 밟는 소리, 아이들의 조용한 숨소리. 손에 쥐고 있던 촉촉하고 서늘한 꽃망울이 팡, 맑은 소리를 내며 터질 것만 같았다.

"나는 왜 보고만 있었을까. 그때."

그때. 환이의 입에서 발음되는 '그때'를 떠올리기란 어렵지 않았다. 그는 철길 애들이랑 같이 남의 도라지밭을 죄다 망쳤던 그때를 말하고 있었다. 꽃망울을 터뜨리기만 했더라면 좋았을 텐데, 몽둥이를 들고 뛰어오는 주인 할아버지에게서 도망치느라 밭을 다 짓이겨 놓았다. 철길 아이들은 우르르 뛰어 도망쳤는데, 화영만 레이스 치마가 철조망에 걸린 탓에 빠져나오지 못했다. 꼼짝없이 현행범으로 붙잡혀 덜덜 떨고 있을 때 할아버지는 철조망에서 레이스를 풀어낸 뒤 화영을 가뿐히 들어 올렸다.

거지새끼들이 남의 거나 훔치고 말이야.

할아버지가 그랬다. 훔치지는 않았다. 망쳤을 뿐이었다. 나는 화영에게 먼저 가라고 소리쳤고, 화영은 뒤도 돌아보지 않고 뛰었다. 뺨을 올려붙이는 소리가 총성처럼 요란했다. 좀 아팠던가. 이제는 기억나지 않는다.

"그때도 배 아팠나 보지, 뭐."

"네가 나 안 끼워줘서?"

실없는 농담이었다. 늘 배가 아프고 얼굴이 허옇게 뜬, 달리기가 느린 환이가 와 봐야 별 도움도 되지 않았을 것이다. 나는 그날 도라지 할아버지한테 코피가 터지도록 얻어맞았다. 집으로 돌아와 마당에 있던 욕실에서 세수를 하자 은색 세숫대야가 온통 붉은 색으로 물들었다. 2층 계단에 앉아서 내가 오기를 기다리던 환이는 피 칠갑을 한 내 꼴을 보고 재빨리 몸을 숨겼다.

"집에 들어가서 바로 112에 신고했어."

"뭘?"

"도라지 할아버지가 어린이를 때렸다고."

칭찬이라도 바라는 듯한 목소리에 나는 웃고 말았다. 삼십 년 전의 일이었다. 시간이 약이라는 말은 합리화에 불과했다. 시간이 흘러도 아무것도 변하지 않았고, 맞은 애는 맞은 채로,

무력한 애는 무력한 채로 머물러 있었다.

  4년을 그와 같이 살았지만, 헤어질 때 그 시간은 아무런 힘이 없었다. 우리 집이 214-14번지에서 이사 나갈 때처럼, 환이의 아파트에서도 인사 없이 떠났다. 환이 역시 그 집을 빼고 고향인 M시로 돌아갔다. 그러고 얼마 지나지 않아 환이가 화영과 결혼한다는 소식이 전해졌다. 너무 이른 결혼 소식이었지만 슬프지 않았다. 다만 철길 동네 애라면 바이러스라도 보듯 했던 화영의 엄마가 어떻게 사윗감으로 철길 동네에 살던 애를 받아들였는지는 궁금했다.

  끝내 결혼식은 엎어졌다. 아주머니에게는 시간이 약이었을까. 사위가 될 뻔했던 환이를 붙잡고 서럽게도 우는 아주머니를 보면 그럴지도 모른다. 환이는 철조망 끝을 조심스럽게 만지작거렸다.

  "왜 때렸어?"

  굳이 주어를 언급하지 않았다. 주어의 자리에 놓일 사람이 세상에 없어서는 아니었다. 그 자리에 누가 들어가도 무관했다. 어쩌면 내 이름이 놓였을 자리였다. 환이는 한참이나 망설인 뒤에야 입을 열었다.

  "나도 몰라. 왜 술만 마시면…."

  나는 그의 문장을 미완성으로 남겨 두었다. 마침표를 찍는 순간 우리의 모든 시간이 패배의 기록이었음을 인정해야 할

테니까. 아무리 건강한 식단으로 밥을 지어먹고, 새벽마다 몇 킬로미터를 뛰고, 말끔한 꼴로 돈벌이를 하고 살아도 우리는 한없이 무력했다. 그리고 우리는 끝끝내 철길을 벗어나지 못하고 다시금 철길 앞에 섰다. 핏줄처럼 길게 이어진 철길을 말없이 걸었다.

운전 조심해. 가벼운 인사를 나누고 환이와 헤어졌다. 나는 도망치듯 버스에 몸을 실었다. 버스는 정시에 출발했고, 굳이 바깥 풍경을 볼 이유가 없었으므로 커튼을 치고 눈을 감았다. 그리고 정확히 한 시간 반 뒤에 눈을 떴다. 휴게소였다.

눈을 다 뜨지도 못한 채로 담배를 챙겨 버스에서 내렸다. 낮 동안 달궈진 아스팔트가 조용히 식고 있었다. 이 휴게소의 어두컴컴한 흡연구역은 익숙했다. 자연스럽게 구석 자리로 라이터를 켰다.

"죄송하지만, 불 좀 빌려주실래요?"

내게 말을 걸어오는 목소리에 연기를 뱉어내며 웃을 수밖에 없었다. 삼십대가 된 환이는 이제 십 년 전처럼 풋풋하지 않았다. 아저씨처럼 능청스러운 게 과연 한 회사의 과장님다웠다.

"싫은데요. 불 있는 거 다 알거든요."

"그럼, 서울 가서 술 한잔 하실래요?"

"싫습니다."

"연락해도 돼?"

"주환아."

아주 오랜만에 그의 이름을 정확히 발음했다. 더 이상 환이가 아닌 박주환. 그는 늘 내가 담을 폴짝 뛰어넘으면 문을 열어 달라고 졸랐고, 나는 그가 단속했던 문을 끝내 열어 주고야 마는 사람이었다. 우리는 목적지가 정해진 열차와 같았다. 그곳에서 술에 취한 아버지와, 또 아버지의 아버지와, 아버지의 아버지의 아버지가 우리를 향해 손짓했다. 위층 아저씨의 얼굴을 한 환이와 우리 아버지의 얼굴을 한 내가 마주보고 앉아 술잔을 부딪쳤다.

그런 우리를 이해해 주는 사람은 오직 우리 둘뿐이었다. 그래, 정말 우리 둘뿐이었다. 의지가 없다며 힐난하지 않았고, 술을 더 마시자고 부추겼다. 지리멸렬한 천국이었다. 그곳에서 너는 나를 때리고, 나는 집을 나가서 돌아오지 않겠지. 나는 결국 술에 취하지 않은 너를 사랑하지 못할 것이다. 술에 취한 나를 사랑할 수 없는 것처럼.

"버스 출발하겠다."

나는 담뱃불을 비벼 끄고 먼저 걸음을 옮겼다. 주환의 시선이 느껴졌지만 뒤돌아보지 않았다.

철길은 한 점이 되어 사라진다. 소실점 뒤에는 뭐가 있을까. 어릴 때는 그런 생각을 해 본 적도 있었다. 철길의 끝이 궁금해서 무작정 뛰어 보기도 했다. 아무리 빠르게 뛰어가도 철길은 끝없이 이어졌다. 철길에서 벗어나려고 발버둥을 쳤던가. 아니다. 한 번도 그랬던 적 없다.

사실은 매끈하고 긴 철길을, 철길을 따라 걸을 때마다 들리는 자갈의 사각거리는 소리를, 붓꽃과 파꽃이 질서 없이 피어 있던 그 길을 사랑했다. 기차가 한번 지나갈 때마다 일으키는 뽀얀 먼지, 승객이 한 명도 없는 화물기차를 향해 흔들던 손, 내가 조심스럽게 쥐고 결국 터뜨리지도 못했던 도라지 꽃망울의 감촉, 그리고 철조망에 걸린 화영의 레이스 치맛자락. 이제는 그렇게도 사랑했던 철길을 떠나야 할 때였다. 버스 앞에 도착해서야 고개를 돌렸다. 환이는 여전히 그 자리에 서 있었다. 나는 그를 향해 손을 흔들었다. 안녕. 마지막 인사였다.

글로벌콘텐츠랩
한 사람

한 사람의 가치
전 세계인의 마음을 사로잡은 K-콘텐츠.
그 시작은 서로 다른 이름의 '한 사람'입니다.
한 사람의 비전과 한 사람의 열정, 그리고 한 사람의 노력.
조금 서툴러도 조금 투박해도 그 속에 담긴 가치를 발견하고
그 한 사람을 소중히 생각합니다.

우리의 가치
한 사람과 한 사람이 만나 또 하나의 '한 사람'이 됩니다.
중앙대학교 문예창작학과 콘텐츠 전공 석박사 재학생으로 구성된 〈한 사람〉은
드라마, 영화, 다큐, 애니메이션, 방송, 뮤지컬, 게임, 웹툰 등 다양한 장르의 문화콘텐츠를
기획하고 창작하고 비평하고 연구하고 있습니다.
글로벌 콘텐츠를 향한 특별한 의미와 특별한 의지로
문화예술의 새로운 지평을 엽니다.

세상의 가치
사랑은 함께 할수록 점점 더 커집니다.
스승은 제자를, 선배는 후배를, 나는 너를, 우리는 세상을, 오늘은 내일을, 사랑은 나눔을.
우리는 예술을 통해 보다 나은 세상 만들기를 꿈꾸는 사람들입니다.
'한 사람'의 가치 있는 콘텐츠로
나의 미래를 바꾸고
우리의 미래를 바꾸고
세상의 미래를 바꿉니다.

제1기
문화콘텐츠비평 〈한 사람이 있다〉
편집장 이신영
편집위원 왕신연 최다정
필진 권혜지 김윤아 김채경 남은혜 왕신연 이신영 이지우 이효진 장유솔
　　　 최다정 최보인 최예림 하맹한 김민정

제2기
문화콘텐츠비평&미니픽션 〈싱싱하는 몸〉
편집장 이신영
편집위원 이지우 권혜지
필진 권혜지 국염 김동현 김윤아 김채경 김희원 왕신연 유재영 윤주원
　　　 이신영 이지우 장유솔 최다정 하선영 김민정

제3기
문화콘텐츠비평&미니픽션 〈난 매일 밤 넷플릭스를 본다〉
편집장 이지우
편집위원 최예림 김희원
필진 김윤아 김은정 김채경 김희원 서민아 성승환 요안나 유재영 이신영
　　　 이지우 최다정 최예림 하선영 김민정

제4기
문화콘텐츠비평 〈청소년 관람불가.zip〉
편집장 김윤아
편집위원 이미령 서민아
필진 김윤아 이미령 서민아 국염 김은정 김희원 성승환 엄홍경 왕신연 요안나
　　　 유재영 이신영 이지우 장유솔 천희진 최다정 홍다원 하선영 김민정

제5기
한사람앤솔러지 〈브로큰 러버스〉
편집장 하선영
필진 김은정 이미령 요안나 이지우 최다정 하선영

브로큰 러버스
한사람 시리즈 5

1판1쇄 2025년 2월 24일

지은이 김은정 이미령 요안나
       이지우 최다정 하선영
북커버 하선영
펴낸이 모영철
펴낸곳 모랑
기획 김민정
에디터 장철한 진준걸
마케팅 박윤필 이현애
제작 정대영
인쇄 한국학술정보㈜
출판등록 제25100-2016-000042호
주소 서울 동작구 서달로12길 69-17
전자우편 morang.books@gmail.com

ⓒ 김은정 이미령 요안나 이지우 최다정 하선영, 2025

* 이 책의 저작권은 지은이에게 있습니다.
* 이 책의 판권은 지은이와 모랑에 있습니다. 이 책 내용의 전부 또는 일부를 재사용하려면 반드시 저작권자와 모랑의 서면 동의를 받아야 합니다.
* 잘못된 책은 구입하신 곳에서 바꾸어 드립니다.
* 이 책의 인세 전액을 글로벌콘텐츠랩 〈한 사람〉과 정서적 MOU를 체결한 〈국경없는의사회〉에 기부합니다.

ISBN 979-11-988741-2-2 04810
     979-11-968988-5-4 (세트)